MYND ADRA'N DROEDNOETH

MYND ADRA'N DROEDNOETH

Sonia Edwards

ISBN 978-1-90742-463-2

Cyhoeddwyd gyda chymorth ariannol
Cyngor Llyfrau Cymru.

Cyhoeddwyd ac argraffwyd gan
Wasg y Bwthyn, Caernarfon
gwasgybwthyn@btconnect.com

I ddathlu'r degfed ar hugain,
i flodau'r haul,
ac i gofio clychau'r gog a'r deryn ar y graig.

'Roedd y llanw ar drai a'r môr yn anadlu'n herciog.
Cyn bo hir byddai wedi mynd a gadael y traeth yn noeth,
yn rhychau i gyd fel gwely cariadon.'

RHAN I

Ebrill yn Dyner

Mae o'n gadael iddi afael yn ei law. Mae hithau'n mentro. Codi ei fysedd oer at ei gwefusau. Nid arni hi mae o'n edrych, ond heibio iddi; edrych allan ar gynffonnau cymylau sydd wedi torri'n rhydd fel darnau o'i gof. Mae hi'n dilyn ei olygon drwy frigau'r goeden ar ganol y lawnt at lygad dyfrllyd yr haul ei hun, hynny sy'n weddill ohono. Rhyw balet dyfrlliw ydi'r diwrnod hwn i gyd, awyr a haul a niwl yn rhedeg i'w gilydd yn flêr, a'r tirlun fel wyneb a fu'n wylo.

Mae'i gwefus yn cyffwrdd ei wefus yntau. Esgus o gusan. Dydi o ddim yn ei hadnabod hi heddiw ond mae'n tynhau ei afael ar ei bysedd am ennyd. Wrth iddi eistedd i lawr drachefn sylwa fod ei lygaid yn llawn: y llygaid gwyrdd 'na, y llygaid oedd wedi edrych i fyw ei rhai hi ar anterth eu caru. Cariad cudd oedd eu cariad nhw, cariad na fu ganddyn nhw erioed hawl arno, go iawn. Ond ar yr adegau hynny pan oedd bysedd ac anadl ac eneidiau ymhleth, pan oedden nhw'n byw yn llygaid ei gilydd, hi oedd pia fo. Doedd neb na dim arall yn bod.

Mae hi'n gwybod yn ei chalon nad ydi o'n cofio hynny bellach. Ond mae'i chyffyrddiad hi wedi tynnu dagrau. Gŵyr hynny. Ond ni ŵyr pam. Oes rhyw ddarn wedi

7

disgyn yn ddamweiniol i'w le yn y bocs jig-so o feddwl sydd ganddo? Dyna sy'n gwneud iddi sibrwd ei enw.

'Harri?'

Mae'r newid lleiaf yn cribo dros ei wyneb fel awel ar lyn. Edrycha yntau arni, i fyw ei llygaid. Fel dynes o'i cho' mae hi'n achub ar ei chyfle:

'Dwi'n dy garu di, Harri.'

Sawl gwaith dros y blynyddoedd y bu dweud hynny wrth ei gilydd yn dod mor rhwydd ag anadlu? Mae eu dweud nhw rŵan yn dod â lwmp i'w gwddw. Rŵan maen nhw'n brifo mwy fel gwayw'r cricmala sydd yn ei llaw a'i garddwrn chwith ar dywydd tamp, a'u gwirionedd yn edliw ddoe iddi, yn edliw'r tro cyntaf y bu iddo'i chusanu erioed. Mae'r blynyddoedd yn chwalu'n llwch yn ei meddwl wrth iddi gofio hynny. Eu cusan gyntaf. Ei gofio'n plygu tuag ati, dim byd yn cyffwrdd – dim ond eu gwefusau. Fynta'n camu oddi wrthi i gyfeiriad y drws a throi 'nôl i ddweud, bron yn swil: dwi wedi bod isio gwneud hynna ers blynyddoedd.

Y wên ar ei wyneb sy'n rhoi sgytwad iddi, yn ei thynnu'n ôl i'r presennol. Mae o'n gwenu arni hi fel pe bai'n ei hadnabod ac mae'i stumog hi'n rhoi tro.

'Dwi wedi cael fy newis.' Mae'r cyffro'n pefrio yn ei lygaid.

A phlyga tuag ati fel ers talwm a'i chalon hithau'n cyflymu'n wirion fel pe bai ugain mlynedd yn ddim ond ugain eiliad.

'Be? Be ddywedaist ti, Harri?'

'Dwi wedi cael fy newis,' medd yntau wedyn. Ac yna, fel pe bai'n egluro i rywun dwl: 'Y tîm cynta, yndê? Dwi wedi cael fy newis i'r tîm cynta, Mam!'

Ac wrth iddo gyffwrdd â'i braich mae hithau'n rhoi ei llaw dros ei law wythiennog heb drio cuddio'i dagrau. Mae hyn yn ei gynhyrfu ac yn peri iddo chwilio drwy'i bocedi am hances bapur iddi.

'Mam bach, peidiwch â chrio!'

Mae'i ogla fo ar y ffunen. Ogla'r petha da annwyd poeth sy'n llechu yn ei bocedi. Mae darn o bapur wedi disgyn i'r llawr o'i boced wrth iddo estyn yr hances iddi – darn bregus o bapur glas wedi'i blygu'n bedwar. Wrth iddi godi'r papur mae'i chalon yn methu curiad. Ar bapur fel'na y bu hi'n sgwennu ei llythyrau caru ato. Roedd o'n eu llosgi nhw yn syth wedyn, rhag ofn i'w wraig gael hyd iddyn nhw. Dyna'r drefn, yr unig ffordd. Roedd hithau'n derbyn hynny, yn deall. Dros y blynyddoedd bu'n rhaid iddi ddod i dderbyn lot o bethau. Roedd yn llawer haws ganddi dderbyn bod yn rhaid iddo gael gwared â'r llythyrau na derbyn ei fod o'n mynd i gysgu bob nos ac yn deffro bob bore wrth ochr Beryl.

Ond losgodd o mo hwn. Wrth iddi agor y papur o'i blygiadau mae'i dwylo hi'n crynu a'i llawysgrifen hi ei hun yn ddiarth ac yn gyfarwydd yr un pryd. Mae hi'n dal darn o'i gorffennol yn ei dwylo, darn ohoni hi ac ohono yntau. Cofia'r diwrnod hwnnw o Ebrill pan roddodd hi'r llythyr hwn yn ei law, a'u cyfarfyddiad olaf yng Nghoed y Gelli'n cau amdanyn nhw fel dwrn:

Harri, 'nghariad i,

Yr eiliad y gwelais i di gyntaf dechreuais syrthio mewn cariad hefo chdi, er nad oeddwn wedi llwyr sylweddoli hynny ar y pryd. Newidiaist fy mywyd. Rydan ni wedi bod fel cymeriadau mewn stori garu, ein stori garu ein hunain. A ti'n gwbod be? Dydi stori garu go iawn byth yn darfod. Does dim diweddglo iddi. Pe na baen ni'n gweld ein gilydd byth eto, bydd y stori'n parhau i mi. Pythefnos, mis. Flwyddyn i rŵan. Pe baet ti isio dod i chwilio amdana i, yma baswn i. Dim ots lle fyddwn i na phwy oedd yn fy mywyd i. Fydd yna ddim symud ymlaen go iawn i mi hebdda ti. Chdi ydi'r un. Chdi fydd o tra bydda i byw.

Mae'n hamser ni hefo'n gilydd wedi bod yn sbesial. Ydi, mae hi wedi bod yn anodd, ac yn boenus ar adegau. Ond faswn i ddim yn newid eiliad. Mae sawl un yn byw oes gyfan heb brofi'r wefr a gawson ni.

Dwi'n dy garu di, Harri, yn ddigon i beidio sefyll yn dy ffordd di. Fedri di ddim canolbwyntio ar dy briodas a gwneud pethau'n iawn hefo Beryl os ydw i yn dy fywyd di hefyd. Fedri di mo'n cael ni'n dwy. Fasai hynny ddim yn deg ar neb. Dwi ddim yn gofyn i ti ddewis rhyngon ni. Dweud ydw i nad oes dim lle i mi yn dy fywyd di os wyt ti am roi blaenoriaeth i Beryl a chdi. Mae'n fy lladd i i'w ddweud o, ond er cymaint mae o'n fy mrifo, y peth callaf i mi ei wneud ydi camu'n ôl er mwyn i ti allu gweld pethau'n gliriach.

Hyd byth,

Bet xxx

Mae hi'n dal yn ddynes ddel. Esgyrn bochau y byddai swpermodel yn lladd i'w cael. Llygaid trawiadol. A'r mêc-yp yn berffaith. Mae hi'n bendant yn ei saithdegau. Saith deg dau. Saith deg pedwar, efallai? Mae yna rywbeth amdani sy'n ei gwneud hi'n anodd pennu oedran iddi.

'Gwen? Ystafell naw. Mrs Phillips angen help hefo'i gwallt.'

Does gen i fawr o fynadd hefo Mrs Phillips. Does gen i fawr o fynadd gwneud dim heddiw, a deud y gwir. Dwi'n dal i sefyll a syllu ar y Ddynes ar y Fainc. Felly dwi'n meddwl amdani, beth bynnag, achos mi fydd hi'n eistedd yno'n aml cyn ei throi hi am adref. Neu lle bynnag y bydd hi'n mynd wedyn. Dwi'n ei dychmygu hi'n byw mewn tŷ reit grand, ddim yn rhy fawr ond yn chwaethus. Lloriau pren. Llechen Gymreig ar lawr y gegin. Tŷ hefo cymeriad a choed rhosod yn yr ardd.

Mi allai hi fod yn byw yma, mae'n debyg, o ystyried faint ydi'i hoed hi. Mae yna rai fengach na hi, siŵr o fod, yng Nghartref Gwern Llwyn. Ond mae hi'n wahanol. Yn annibynnol. Yn sythach na brwynen ac yn gwisgo'n chwaethus. Dydi henaint ddim wedi llwyddo i'w chyffwrdd fel pawb arall.

'Gwen?'

'Dod.'

Dwi'n cribo gwallt Mrs Phillips fregus, fusgrell, sydd fel dol ail-law a'i chorun yn binc. Nid fel y Ddynes ar y Fainc. Dwi'n siŵr nad oes yna fawr o wahaniaeth oedran rhwng y ddwy. Hen wraig hefo gwallt gwyn ddylai'r Ddynes ar y Fainc fod. Dyna natur pethau. Ond nid felly mae hi. Dwi'n meddwl mai actores neu fodel neu rywbeth felly oedd hi ers talwm. Fedra i mo'i dychmygu hi'n gwneud y math o waith dwi'n ei wneud: cribo gwalltiau, newid gwlâu, gwagio comôds. Torri bwyd yn ddameidiau bychain bach a'u cynnig i gregyn gweigion o bobol sydd wedi anghofio sut i agor eu cegau i gnoi. Ambell waith, gydag ambell un mae hi fel trio bwydo deryn hefo fforc.

Mae tristwch y lle 'ma'n fy mygu i. Mae gen i bechod drostyn nhw yn fama, yn eistedd yn eu hunfan yn disgwyl eu diwedd. Disgwyl a disgwyl, ac wedyn dim byd. Os nad ydyn nhw ynghlo yn eu bydoedd bach eu hunain maen nhw'n flin ac yn bigog ac yn gweld bai ar bopeth. Mi fedra i ddallt hynny, am wn i. Pigog faswn inna taswn i'n eistedd drwy'r dydd mewn dwy gardigan hefo blanced dros fy nglin ac ogla piso arna i. O fy Nuw, os na cha' i ddengyd allan am smôc yn o fuan mi fydda i wedi tagu un ohonyn nhw.

'Gwen, pan fyddi di wedi gorffan yn fanna, wnei di . . . ?'

Na wnaf. Cymryd brêc rŵan, Anwen. Tyff shit. Dwi'n gadael i'r drws tân gau'n drwm a chadw'r gwres trymach tu ôl iddo. Mae'r Blackberry'n wincio ym mhoced fy oferôl. Tecst ganddo fo. Dwi'n gwbod mai fo ydi o heb sbio. Golau coch ar ei gyfer o, golau gwyrdd ar gyfer pawb arall. Clyfar ydi'r ffôns 'ma. Gwneud bob dim ond sychu tin. Tasai hwn yn medru gwneud hynny mi faswn i'n gadael iddo fo wneud fy ngwaith drosta i yn fan hyn. Sgrolio i lawr. Pwyso botwm. Y sgrin yn llenwi 'run pryd â fy llygaid i: *Sori, cariad. Heno'n amhosib. Txt u ltr X.* Un sws. Mi ges i bedair neithiwr. Pam? Be dwi wedi'i wneud? Callia, Gwen, wir Dduw. Dwyt ti ddim wedi gwneud dim byd, naddo? Dwyt ti ddim yn ei weld o, nac yn siarad hefo fo o ran hynny, yn ddigon aml i'w bechu o. Ond does gen i mo'r help fy mod i'n teimlo fel hyn weithiau, pan ddaw tecst arall a siom arall.

Pam dwi'n fy rhoi fy hun drwy hyn? Pam na fedra i

gerdded oddi wrtho fo? Duw a ŵyr, mae o'n rhoi digon o reswm i mi deimlo felly. Pam dwi'n bodloni'n llywaeth ar fod yn ail orau i foi sy'n amlwg isio aros yn briod hefo'i wraig? Dwi'n gwbod yn iawn be ddylwn i ei wneud, yn dydw? Biti na fasai synnwyr cyffredin yn dod iddi. Pe bai gen i hanner owns o hwnnw mi fyddwn i'n dileu'i enw fo o'r 'contacts list' am byth bythoedd amen.

Ond mae meddwl na welwn i mohono fo eto am byth bythoedd amen yn chwalu 'mhen i.

'Ma' 'na ffyrdd cyflymach na hynna i dy ladd dy hun, sti.'

Dwi'n diffodd ar hanner fy sigarét cyn i Eifion fy nghyrraedd. Euogrwydd ydi o. Fel pan ges i fy nal yn smocio yn y coed ar gae'r ysgol ers talwm gan athro roedd gen i'r crysh mwya erioed arno fo. Cywilydd. Yr un teimlad dwi'n ei gael o hyd pan fydd rhywun yn fy ngweld i hefo smôc. Rhyw gywilydd od achos fy mod i'n gwbod bod o'n hen beth budr a hyll, go iawn. Mae hyd yn oed gollwng y mwg o 'ngheg i ganol pnawn mor braf yn gwneud i mi deimlo'n fudr. Pam dwi'n ei wneud o, 'ta? Dyna'r ail gwestiwn mawr dwi wedi'i ei ofyn i mi fy hun yn ystod y pum munud diwethaf. A dwi'n gwbod be ydi'r ateb i hwn hefyd. Rhywbeth arall sy'n dibynnu ar gael lot o synnwyr cyffredin.

'Iawn, Eifs?'

Roedden ni yn yr ysgol hefo'n gilydd, Eifion a fi. Gweithio yn y gegin yma mae o. Dipyn o *chef*, chwarae teg. Mae yna ganmol mawr iddo fo. Mae o'n gwneud cacennau priodas a ballu gyda'r nosau. Rhosys siwgwr eisin a ballu. Mae o wrthi ar hyn o bryd ar gacen briodas i ferch Anwen, y bòs. Blodau siwgwr melyn yn byrlymu dros ei hochrau hi i fatsio ffrogia'r breidsmeds.

'Sut ma'r deisan yn dod yn ei blaen ar gyfer y "roial weding", 'ta?'

Mae o'n sgyrnygu ac yn rhoi darn o gwm yn ei geg.

'Ffycin naitmer! Ti'n gwbod am y Chloe wirion 'na. Rêl ei mam. Gobeithio na fyddi di ddim mor demanding pan fydda i'n gneud d'un di!'

'Ia, reit dda rŵan.' Dwi'n difaru diffodd fy smôc. 'Un efo rhuban du rownd ei chanol a ffag ar y top yn lle'r dolia gŵr a gwraig cachu rwtsh 'na.'

'Hei, *chill out, sister*! 'Dan ni'n gwbod fod gen ti ddownar ar bob dim priodasol oherwydd fod dy gariad di'n gwrthod gadael ei wraig. 'Just don't take it out on me, babes!'

Dydi'r malu awyr rhwng Eifs a fi'n golygu dim. Mae o'n tynnu arna i o hyd, yn pupro'i sgwrs hefo Americaneiddiwch y sothach mae o'n ei wylio ar y teledu ac mae o'n fwy 'camp' na Paul O'Grady, ond mae'i galon o yn y lle iawn ac ae o'n fêt. Mae hogyn hoyw'n un o'r ffrindiau gorau fedar hogan ei gael.

'Sori, Eifs. Fi sy'n flin.'

'Heb gael tecst heddiw, ia?'

'Naci.'

'Wel, mae'r gwynab tin 'na'n golygu felly dy fod ti *wedi* cael tecst ond nad ydi o ddim wedi dweud be ti isio'i glywed. Dwi'n iawn?'

'Mi ddyla Mystic Meg watsiad allan am ei job.'

Dwi'n swnio rêl jadan biwis ond does gen i mo'r help. Ac Eifs ydi o, eniwe, de? Mae o wedi arfer hefo fi, yn dallt cymhlethdodau fy mywyd disynnwyr i. Mae o'n gadael i fy ngeiriau sarcastig lifo drosto fo fel siwgwr eisin sy'n rhy denau.

'Ti isio hŷg?'

'Nac oes.'

Ond dwi'n cael un beth bynnag. Mae ogla'i afftershêf o'n felys fel persawr dynas. Nid fel y stwff drud mae Rhydian yn ei wisgo. Dwi'n teimlo pang o hiraeth fel pigiad pry llwyd.

'Rhaid i mi fynd yn f'ôl i mewn, Eifs. Dwi ddim i fod allan fel mae hi.'

Dwi'n troi ar fy sawdl ac yn cymryd y ffordd hiraf yn fwriadol er mwyn osgoi'r anorfod, a hefyd er mwyn mynd heibio'r goeden ar ganol y lawnt. Mae honno'n dlws rŵan. Golau bach coch ar y Blackberry eto. Rhes o swsus y tro hwn. Bechod. Mae fy nghalon i'n meddalu fel eisin Eifs. Mae hi'n anodd i Rhyds hefyd. Mae o'n trio'i orau. Nid ei fai o ydi hi fod ganddo ast o wraig sy'n tsiecio'i ffôn o bob cyfle mae hi'n ei gael, naci?

Mae dail newydd wedi dod ar y goeden, dail fel dagrau a'u hymylon yn binc. Does gen i ddim gardd hefo pethau tlws yn tyfu ynddi, felly dwi'n gwneud yn fawr o 'nghyfle i gogio mai fi pia hon. Dwi'n aros, dim ond am eiliad, i edrych arni. I hel meddyliau. I benderfynu maddau i Rhydian eto, achos bod bywyd yn fyr a gwir gariad yn brin a bod yn rhaid i mi gredu bod yr hyn sgynnon ni'n sbesial. Ei eiriau o. Mae'n rhaid ei fod o'n fy ngharu i. Fasa fo ddim yn fy nhecstio i bob bore'n syth bìn wedi iddi hi adael am ei gwaith, na fasa? Bob bore. Y cyfle cyntaf geith o. Fi sydd ar ei feddwl o felly, 'de, y munud mae o'n deffro? Dwi'n gallu gweld nad ydi dweud 'nos da' ddim mor hawdd iddo fo a hithau'n eistedd fel rhyw bwdin mawr ar y soffa gyferbyn â fo'n gwylio pob symudiad. Weithiau mae o'n llwyddo. Cymryd y risg a hithau yno, cogio tecstio'i frawd neu rywbeth felly. Mae gen i bechod drosto fo. Styc yn fanna hefo hi ac yn meddwl amdana i drwy'r amser. Mae fy llaw i'n cau'n feddiannol am y ffôn symudol yn fy mhoced. Yr unig gysylltiad sydd gen i hefo fo. Dim ond mai fo sy'n gwneud y cysylltu. Does fiw iddi fod fel arall, rhag ofn. Wn i ddim be faswn i'n ei wneud pe bawn i'n colli fy ffôn. Fedra i ddim cofio amser pan nad oeddwn i'n edrych arno neu'n teimlo amdano yn fy mhoced.

Rho'r blydi ffôn 'na i mi ei gadw tan ddiwedd y dydd, meddai Eifs unwaith. Dydi o ddim yn beth iach, tsiecio hwnna bob munud o'r dydd. Asu, 'get a life, babes!' Ond mae gen i fywyd. Un hefo Rhydian ynddo fo. Dwi'n gwbod ei fod o'n rhy uchel ar restr fy mlaenoriaethau i. A dweud y gwir, fo ydi rhif un. Ond fiw i mi gyfaddef hynny wrth Eifs. Mae o'n ffrind a hanner, ond fasa fo byth yn dallt hynny.

'Ti'n haeddu gwell na hyn, Gwen. You just don't see it, do you, babes?'

Poeni amdana i mae o. Ond does arna i ddim isio neb 'gwell' na Rhyds. Mae o'n brifo pan fydd Eifs yn rhedeg arno fo, dweud ei fod o'n fy iwsio fi ac isio'r gorau o ddau fyd ac ati. Mae hi'n hawdd iawn i Eifs feirniadu. Does neb yn dallt yn iawn heblaw Rhyds a fi.

Mae sŵn traed Eifs yn crensian ar y gro mân tu ôl i mi, yn pellhau ac yn cael ei lyncu gan sŵn drws yn agor, yn rhyddhau arogleuon coginio, ac yn cau drachefn. Dwi'n sylweddoli pa mor hir rydw i wedi bod yn llusgo fy nhraed allan yn fama. Mae'r Ddynes ar y Fainc yma o hyd. Eistedda a'i chefn ata i, yn edrych allan dros y lawnt ar y goeden ddeiliog, binc. Fasen nhw ddim wedi gallu gosod mainc mewn brafiach lle, er nad ydw i fy hun erioed wedi eistedd arni. Dydi'r meinciau yng ngerddi Gwern Llwyn ddim yma ar ein cyfer ni sy'n gweithio yma, am wn i. Does neb erioed wedi dweud hynny, ond dyna dwi wedi'i gymryd yn fy mhen.

Dwi'n sylwi ar ei gwallt hi, y wraig dlos a ddylai edrych yn llawer hŷn. Dydi o ddim yn glaerwyn fel y dylai o fod, fel gwallt dol Mrs Phillips. Mae o wedi'i liwio mor gelfydd fel petai gwahanol fathau o arian yn mynd a dod drwyddo.

Am ryw reswm dwi'n meddwl am bysgodyn â fflach camera arno, a 'mrawd ar ei gwrcwd yn ei arddangos yn falch ar lan Llyn Marged a'r haul ar y ddau ohonyn nhw. Dim ond cnonyn bach o atgof a dwi'n ôl yng ngardd Cartref Gwern Llwyn a'r haul arna inna. A hitha. Ond dydi hi ddim yn troi'i hwyneb ato'n werthfawrogol fel dwi'n ei wneud. Mae hi wedi plygu'i phen arian ac ar draws ei hysgwyddau mi fedra i weld y cryndod lleiaf. A dwi'n gwybod fy mod i wedi colli fy nghyfle i ofyn iddi'n glên ai hi yw ymwelydd Harri. Dwi'n gwybod yr ateb, wrth gwrs. Hi ydi'r unig un fydd yn dod i edrych amdano'n gyson erbyn hyn. Dwi'n sâl isio tynnu sgwrs hefo hi. Mae yna rywbeth yn ei chylch sy'n gwneud i mi fod isio gwybod mwy amdani.

Ond fedra i ddim holi heddiw. Mae hi isio llonydd. Dwi'n gwybod yn iawn sut mae hi'n teimlo. Dwi'n gwybod yn iawn fod merch sy'n crio heb wneud unrhyw sŵn o gwbl angen bod ar ei phen ei hun.

Ac mae dail tryloyw'r goeden binc yn debycach i ddagrau nag y buon nhw erioed.

Roeddwn i'n byw er mwyn yr adegau y byddwn i a Harri'n cyfarfod. Weithiau doedden ni ddim yn cael llawer mwy na hanner awr. Bu ambell gyfarfyddiad yn ddim ond deng munud gorffwyll ac yntau'n methu aros oherwydd rhyw greisis neu'i gilydd gartref. Roedd awr gyfan yn sbesial, dwyawr yn nefoedd, mwy na hynny'n brin fel llwch aur, ond roedden ni'n llwyddo'n rhyfeddol bob hyn a hyn. Y gadael oedd y peth gwaethaf, y peth anoddaf. Finnau'n gorwedd yno'n ei wylio fo'n gwisgo amdano'n frysiog a'i wres o'n dal i fod yn y gwely wrth f'ymyl i. Amser wedi hedfan a gormod yn dal heb ei ddweud. Dwi'n ei gofio fo'n dweud wrtha i'n gynnar yn ein perthynas:

'Mi ydan ni mewn lle peryglus, chdi a fi.'

'Be ti'n feddwl?' medda finnau er fy mod i'n deall yn iawn. Isio'i glywed o'n dweud y geiriau'n uchel oeddwn i.

'Am ein bod ni mewn cariad,' meddai. 'Dwi'n dy garu di, Bet.'

'A finna tithau, Harri. Yn fwy na . . .'

Fe'm tawelodd â chusan.

'Dwi'n gwybod. A dwi hefyd yn gwybod faint o fywydau y gallen ni'n dau eu dinistrio pe bai pobol yn dod i wybod amdanon ni.'

Finnau, fel taswn i'n trio ategu holl gyfrinachedd y peth, yn tynnu'r llenni'n dynnach at ei gilydd i gau'r dydd a phawb arall allan a Harri'n chwerthin, fy nhynnu'n ôl a dweud, hanner o ddifri, ac yn hanner cellwair:

'Does dim angen i ti wneud hynna chwaith – fedran ni ddim cael gormod o haul.'

Mi afaelon ni'n dynn yn ein gilydd wedyn, ystafell ddiarth y gwesty rhad hwnnw hefo'r cyrtans tenau a'r patrwm pilipala arnyn nhw'n od o gartrefol a chlyd mwyaf sydyn, yn lloches nad oedd yr un o'r ddau ohonom isio'i gadael. Byddwn i'n meddwl o hyd am y llinell honno a gopïais tu mewn i glawr fy llyfr Ffrangeg lefel-A: 'Partir, c'est mourir un peu.'

Roedd ein hathrawes Ffrangeg yn greadures ramantus iawn mewn rhyw ffordd bersawrus, hiraethus. Hen ferch oedd hi ond roedd stori iddi gael affêr hefo gemydd o Baris a oedd, yn ôl y sôn, yn gallu honni fod y gantores enwog Edith Piaf yn un o'i gwsmeriaid. Beth bynnag fu hanes y garwriaeth honno, roedd yn amlwg fod Miss Jôs Ffrensh yn mynd i gario croes ei thor calon am byth. Mi fyddai'n rhaffu doethinebau lu am garu a cholli wrthan ni, enethod y Chweched Dosbarth, a doedden ni byth yn syrffedu ar eu clywed nac yn chwerthin am ei phen. Fu hi erioed yn jôc gennym; roedd hi'n berson rhy dlws ac annwyl, ac roedden ninnau'n wfftio at y dyn na welson ni erioed mohono am droi'i gefn ar ferch mor arbennig.

'Roeddech chi'n rhy dda iddo, Miss,' meddai Alys, fy ffrind gorau, wrthi unwaith. Ond wnaeth Miss Jôs ddim byd ond gwenu'n drist ac mi lenwodd ei llygaid.

'Partir, c'est mourir un peu, Alys,' meddai.

'Be mae hynny'n ei feddwl, Miss Jones?' holais innau.

Mi edrychodd yr athrawes fach yn hir arna i drwy'i chwmwl arferol o bersawr Chanel No. 5 ac roedd ei lipstic lliw rhosyn yn ei gwneud hi'n debycach nag erioed i ddol fach fregus:

'Bob tro y byddwch chi'n ffarwelio â'ch gwir gariad, mae rhan fach ohonoch chi'n marw wrth ei wylio fo'n mynd.'

Yn ddwy ar bymtheg oed fedrwn i ddim uniaethu'n llwyr ag ystyr y geiriau ond roedden nhw'n swnio mor dlws. Fe gymerodd flynyddoedd i mi ddod i'w deall yn iawn. Wyddwn i ddim beth oedd gwir gariad nes i mi gyfarfod â Harri. O edrych yn ôl, hyd yn oed ar ddiwrnod fy mhriodas, doedd yna ddim o'r angerdd gwyllt, gwresog a deimlais hefo Harri. Roedd Dei yn saff a dibynadwy a'i freichiau'n gynnes a chlyd, ac roedd gen i feddwl y byd ohono. Credwn mai cariad oedd hynny, ac mewn ffordd roeddwn i'n iawn. Pe na bawn i wedi profi dim byd gwahanol, mae'n debyg y byddwn wedi bodloni ar hynny fel mae miloedd yn ei wneud ac wedi byw bywyd dedwydd. Ac yna daeth Harri, ac roedd un edrychiad ganddo fel cael pigiad o gyffur. Dyna ydi syrthio mewn cariad: y teimlad o gael eich bwrw'n llwyr fel pe bai wal frics yn disgyn am eich pen chi. Unwaith mewn oes, meddan nhw. A phwy bynnag ydi'r 'nhw' 'ma, maen nhw'n iawn ynglŷn â hynny. Doedd yna'r un dyn yn bodoli i mi wedyn heblaw Harri. Doedd neb i ddod yn agos ato. Does yna neb arall wedi bod erioed. Hyd heddiw a finnau'n hen, mae'r un cwlwm yn fy stumog i wrth edrych ymlaen at ei weld – yr un wefr, yr un gobaith, yr un hiraeth. Cadwen fach aur o hiraeth yn denau fel blewyn. Does dim digon ohoni, bron, i glymu coes deryn to. Ond fedra i mo'i thorri hi. Fedrwn i erioed. Un plwc. Dyna'r cyfan. Ond fedrwn i ddim. Dwi'n credu erbyn hyn mai honno sydd wedi dal fy nghalon i wrth ei gilydd cyhyd.

Ffarwelio â'ch cariad a marw tu mewn chydig mwy bob tro. Roedd hynny'n boenus o wir heddiw. Dwi'n gwybod nad ydi o yn ei bethau bellach. Mae'r salwch wedi dwyn tameidiau ohono'n araf bach a hyd yn oed pan fydd o'n chwerthin weithiau nid ein chwerthin ni ydi o. Nid ein jôc ni. Fo'n chwerthin wrtho'i hun a finnau'n jyst digwydd bod yno'n eistedd. Dyna'r jôc greulonaf o'r cyfan. Y chwerthin oedd yn ein clymu ni ers talwm, yn dod â ni'n nes pan oedd popeth arall yn bygwth ein chwalu ni, pan fyddai rhyw newid annisgwyl yn drysu'n trefniadau prin ni, yn ein cadw ar wahân o hyd. Mi fyddai carwriaeth arferol wedi cloffi a baglu pe bai'n rhaid iddi wrthsefyll popeth a ddaeth i gawlio'n cynlluniau ni. Ond doedd hon ddim yn garwriaeth arferol. A'r unig gysur oedd gen i bryd hynny ydi'r cysur sydd gen i o hyd – mae sawl un, mi wn, yn treulio oes gyfan heb brofi'r angerdd a brofon ni.

Y rhan fwyaf o'r amser does ganddo fo mo'r syniad lleiaf pwy ydw i. Ac yna, ambell waith, trwy'r niwl sy'n llenwi ei ben o, mae yna lygedyn o olau, fflach o rywbeth sy'n peri iddo fo edrych yn iawn arna i, cynnal sgwrs hefo fi, ac er nad oes yna unrhyw gyfeiriad yn cael ei wneud aton ni nac unrhyw beth a fu'n rhan o'n gorffennol ni, dwi'n cau fy llygaid yn sŵn ei lais ac yn fy nhwyllo fy hun ei fod o'n cofio. Roeddwn i'n ddigon gwirion i godi fy ngobeithion heddiw. Ond ei fam welodd o wrth edrych arna i. Roedd yna ryw ffenest yn ei gof yn edrych allan ar ei blentyndod. Lle mae'r ffenest arall honno, Harri, a'n hanadl ni'n dau arni'n gwmwl gwyn?

Eisteddais yno eto a dal ei law yn dynn. Wn i ddim pwy ar y ddaear mae o'n ei feddwl ydw i ond mae o'n gyfforddus yn fy nghwmni i, dwi'n sicr o hynny. Mae o'n gwenu arna i weithiau, rhyw wên bell, bron yn garedig, fel pe bawn i'n colli 'nghof ac yntau'n fy nghysuro innau.

Efallai mai dyna pam dwi'n dal i ddod yma.

Er fy mwyn fy hun.

Mae hi'n dod yn rheolaidd rŵan i edrych amdano fo, o leiaf unwaith yr wythnos. Mae o'n fy nharo i'n sydyn wedyn. Ddaeth hi ddim yma o gwbl tra oedd gwraig Harri'n fyw. Welais i erioed ryw lawer ar Beryl. Yn achlysurol fyddai hi'n ymweld a doedd hi ddim yn dda ei hiechyd ar y pryd, mae'n debyg. Neu dyna, o leiaf, oedd ei hesgus am beidio dod draw yn aml i weld ei gŵr. Newydd ddod yma i weithio i Wern Llwyn oeddwn innau a doeddwn i ddim yn gofalu'n benodol am Harri bryd hynny. O'r hyn a welais i ohoni roedd hi'n ddi-wên ran amlaf a braidd yn oeraidd ei ffordd. Dipyn o snoban oedd barn rhai o'r staff amdani, ac roedd hi'n hawdd gweld pam y byddai rhywun yn meddwl felly. Doedd hi ddim yn arbennig o dal ond gwnâi ymdrech i'w dal ei hun yn syth, ac er gwaethaf ei hoedran roedd hi'n gwisgo'i sodlau uchel yn ddewr. Roedd hi'n amlwg, o'r ychydig a welais ohoni, fod cael awdurdod dros bobol, yn enwedig Harri, yn bwysig iddi.

Mae'r ddynes yma mor wahanol: y Ddynes ar y Fainc. Rhaid i mi beidio'i galw hi'n hynny hefyd. Nid a minnau'n gwybod bellach beth ydi'i henw hi. Mae'n rhy hawdd bedyddio pobol hefo llysenwau. Dwi eisoes wedi penderfynu mai hen gariad ydi hi. Garantîd. Fedar hi ddim bod yn ddim byd arall. Mae'r ffordd mae hi'n ymddwyn tuag at Harri, y ffordd mae hi'n edrych i fyw ei lygaid o, yn dod â lwmp i 'ngwddw i. Mae hi'n llawer mwy cynnes a chariadus tuag ato nag yr oedd ei wraig ei hun, yn dal ei law rhwng ei dwylo ac yn siarad yn dyner ac yn isel, mor isel fel nad oes modd i neb arall ei chlywed. Hi sy'n gwneud y siarad i gyd, yn plygu tuag ato fel pe bai pob gair yn gyfrinach. A phan fydd hi'n ei adael, mae'i llygaid hi'n nofio.

Dydi o ddim yn ei hadnabod hi. Collodd adnabod ar Beryl hefyd. Dyna pam y rhoddodd hi'r gorau i ddod, siŵr iawn. Doedd yna ddim sylw i'w gael ganddo, nag oedd? Ac o'r hyn welais i roedd y Beryl honno'n lecio hawlio sylw gan bawb. Pam mae'r ddynes ddel hefo'r gwallt aur yn dal i ddod yma, 'ta? Yn dal i'w harteithio'i hun? Heddiw mae hi'n dod â blodau'r haul iddo fo. Chwe blodyn mawr fel chwech o wynebau mawr, siriol. Mae eu coesau bron yn rhy hir i'r fas ac mae hi wedi troi eu hwynebau'n drwsgwl tuag ato.

Pan gerddaf i mewn mae Harri'n cysgu, yn pen-dwmpian yn ei gadair a chwsg wedi llacio'r cyhyrau yn ei wyneb o. Mae hithau'n dal i afael yn ei law.

'Sori,' medda finnau'n chwithig. Sibrydiad. 'Jyst meddwl, gan ei bod hi'n amser panad ...'

Dwi'n cloffi ar hanner brawddeg ac mae hithau'n troi i edrych arna i a gwenu.

'Yr un un ydi o i mi o hyd.' Does dim rhaid iddi egluro dim i mi ac yn y ffordd mae hi'n edrych i fyny arna i ac yn ynganu'r geiriau mae hi'n amlwg fod y ddwy ohonon ni'n gwybod hynny. Isio dweud mae hi. Isio i rywun arall wybod o'r diwedd faint yr oedd hi, mae hi, yn ei garu o. Faint roedden nhw'n arfer ei olygu i'w gilydd.

'Ddywedoch chi fod yna banad i'w chael, Gwenllian?'

Mae hi'n fy nal i eto yn ei gwên a gallaf weld yn hawdd sut byddai Harri wedi syrthio amdani ers talwm.

'Sut ydach chi'n ...?'

'Eich bathodyn chi. Mae'ch enw chi arno fo.'

Mae'i llygaid hi'n gymysgedd o wyrdd a glas ac yn ifanc fel ei gwallt hi. Meddyliaf am Beryl, hynny a gofiaf amdani. Chynigiais i erioed banad o de i honno.

'Llefrith? Siwgwr?' Dwi isio'i phlesio hi heb wybod yn iawn pam. Isio gwneud rhywbeth annwyl.

Dydi hi ddim yn ateb fy nghwestiwn i'n syth.

'Mi gymra i banad 'ta, ar un amod. Eich bod chitha'n aros i gymryd un hefo fi.'

'Na, wir. Ddylwn i ddim . . .'

'Dowch yn eich blaen. Fydd neb ddim callach o'ch gweld yn dod â dwy banad o de i mewn yma.' Mae'n amneidio i gyfeiriad Harri, sy'n dal i gysgu. 'Plis? Panad fach sydyn cyn i mi fynd? Mi fasai'n neis cael y cwmni.'

Dydi hi ddim yn arferol i ofalwraig eistedd i yfed te hefo ymwelydd. Ond, fel y dywedodd hi rŵan, pwy fydd damaid callach? I unrhyw un sy'n gweld dwy baned ar yr hambwrdd, un i Harri ac un i'w ymwelydd fydden nhw. Dwi'n torri rheol ac mi ddylwn fod wedi gwrthod yn syth ond wnes i ddim. Mae yna rywbeth yn fy nghymell heddiw i wrthryfela.

Dwi'n dod yn ôl hefo'r te ac mae Harri'n dal i bendwmpian.

'Mae o i'w weld wedi cael gafael yn ei gwsg,' medda fi, er mwyn dweud rhywbeth. Torri'r garw. Teimlaf yn chwithig mwyaf sydyn. Difaru fy rhoi fy hun yn y fath sefyllfa.

'Doedd o ddim yn gysgwr trwm ers talwm,' medd hithau. 'Methu ymlacio medda fo.'

'Roeddech chi'n ei nabod o'n dda felly?'

Hanner cwestiwn, hanner gosodiad. A finnau'n amau'n barod. Difaru wedyn fy mod i'n swnio'n rhy bowld. A'r ateb a ddaw wedyn, yn hanner disgwyliedig, hanner annisgwyl:

'Roedden ni'n gariadon, Harri a fi.'

Mi ddylai ei gonestrwydd fod yn fy lluchio oddi ar fy echel a ninnau'n ddim llawer mwy na dieithriaid. Efallai ei bod hi weithiau'n haws cyfaddef gwirioneddau mawr wrth rywun nad ydach chi prin yn ei adnabod. Fel merched yn rhannu cyfrinachau â'r sawl sy'n trin eu gwalltiau nhw. Mae hi'n amlwg fod yr amser wedi dod iddi hithau agor ei chalon. Ac mae hi wedi fy newis i. Fedra i mo'i ddisgrifio fo ond yn syth bìn yr eiliad honno rydw i fel pe bawn i ar yr un donfedd yn llwyr â'r wraig ddiarth 'ma sydd cymaint hŷn na fi ac yn amlwg yn perthyn i fyd mor wahanol.

'Dwi wedi sylwi arnoch chi ers tro,' medda fi. Mae hynny, a'r ffaith nad oeddwn i'n swnio gynnau fel pe bai'r newydd yn gymaint â hynny o sioc i mi, yn ei gwneud hi'n amlwg, mae'n debyg, mai dyna rydw innau wedi'i feddwl yn barod. Mae'r te'n boeth a finnau'n llowcio'n rhy sydyn. Llosgi fy nhafod. Blydi panad peiriant. Dydi'r llefrith cogio byth yn ei oeri o ddigon i chi allu'i yfed o'n syth. 'Mi fyddwch chi'n eistedd allan ar y fainc yn yr ardd weithia . . .'

Efallai na ddylwn i ddim fod wedi dweud hynny. Rêl fi. Dechrau mwydro pan dwi'n meddwl fy mod i mewn twll.

'Nid fy mod i'n busnesu! Wir rŵan, dim ond digwydd eich gweld pan oeddwn i'n mynd allan am smôc . . .' A difaru dweud hynny hefyd. Mi fydd hi'n meddwl fy mod i'n fwy coman nag ydw i. Ond os ydi fy ngeiriau trwsgwl wedi difetha rhywfaint ar y foment, dydi hi'n cymryd dim sylw o hynny. Dim ond dweud yn llyfn drwy'r wên fach bron yn swil honno:

'Dw innau wedi sylwi arnoch chithau.' Mae ôl ei lipstic ar ymyl y cwpan papur, lliw pinc golau golau fel rhosyn yn darfod. 'Mi ydach chi'n gofalu'n dyner iawn am Harri, chwarae teg i chi. Dwi wedi bod isio diolch i chi am hynny.'

'Dyna un peth na wnaeth ei wraig o erioed . . .'

Peth da yw dant i atal tafod. Dyna fyddai Mam yn arfer

ei ddweud. Dyna fyddai hi'n ei ddweud wrtha i rŵan. Difeddwl ydw i. Gwn fod yna wrid sydyn wedi codi arna i a dwi'n gadael i'r frawddeg grogi yno rhyngon ni fel darn o we pry cop yn chwifio mewn drafft. Y peth olaf mae hi ei isio, siŵr iawn. Clywed am ei wraig o. Mae'n rhoi ei chwpan i lawr yn araf ac mae hi fel pe bai hi wedi darllen fy meddwl i:

'Does gynnon ni ddim dewis ynglŷn â rhai pethau. Dim ond dysgu byw hefo nhw.'

Edrychaf arni a meddwl amdana i fy hun. Fi a Rhydian. Gweld fy hun ymhen blynyddoedd yn yr un sefyllfa, mewn cariad hefo dyn na cha' i byth mohono, yn heneiddio ac yn hiraethu am weddill fy oes. Ai felly y bu bywyd iddi hi?

'Wel, wna i mo'ch cadw chi, Gwenllian. Dwi ddim isio i chi gael stŵr am aros yma'n rhy hir. Mi fyddan nhw'n gweld eich colli chi'n o fuan, mae'n debyg.' Mae ganddi watsh fechan, hardd ar ei garddwrn dde. Mae'n fy nharo i fod y rhan fwyaf o bobol yn gwisgo watsh ar yr arddwrn chwith. Mae hon yn un aur – aur pinc, hen ffasiwn. 'Diolch. Dwi'n gwerthfawrogi'ch cwmni chi. A chyda llaw, Gwenllian, Bet ydw i.'

'Mae hi'n iawn, siŵr,' medda finnau'n gloff. 'A galwch fi'n Gwen. Dyna mae fy ffrindiau'n ei wneud.' Y gwir ydi fy mod innau wedi mwynhau'i chwmni hithau hefyd. Dwi'n ofni i ddechrau fy mod i wedi bod yn bowld yn awgrymu ein bod ni'n ffrindiau wrth ofyn iddi ddefnyddio talfyriad o f'enw i. Ond mae'i gwên hi'n gyfeillgar, bron yn ddiolchgar. Neu fi sy'n dychmygu hynny, mae'n debyg, yn fy awydd i'w phlesio hi. Mae hi'n wahanol ac eto dwi'n gweld rhywbeth ynddi y gallaf ei briodoli i mi fy hun. Mae o wedi'n tynnu ni at ein gilydd heb i 'run o'r ddwy ohonon ni sylweddoli hynny, ac erbyn hyn mae gen i enw iddi hefyd. Nid y Ddynes ar y Fainc fydd hi bellach.

Mae Harri'n dal i gysgu a hithau'n gadael. Mae'n plygu i roi cusan ysgafn ar ei wefus. A dyna pryd mae hi'n troi wynebau blodau'r haul tuag ato fel pe bai hi am iddyn nhw ei gyfarch pan fydd o'n deffro.

'Y rhain fyddai o'n eu prynu i mi bob amser. Blodau'r haul. Gwybod mai nhw oedd fy hoff flodau i. Blodau hapus, wastad yn troi at y goleuni. Byddai wastad yn cael hyd iddyn nhw i mi, hyd yn oed yn y gaeaf.'

Mae'i phersawr hi yn yr ystafell am amser hir ar ôl iddi fynd – rhywbeth ysgafn, blodeuog. Efallai fy mod i'n dychmygu pethau ond mi daerwn i fod ei phersawr hi'n deffro rhyw atgof yn Harri wrth iddo agor ei lygaid. Dydi o'n ddim byd ac eto mae yna rywbeth. Mae o'n edrych ar y blodau.

'Mi wnes i fy ngorau,' medda fo.

'Be ydach chi'n ei ddweud rŵan, Harri?' medda finnau. Sythu'i glustogau, codi'r garthen yn ôl dros ei lin.

'Cythral o job,' medda fo. '*Out of season*. Dyna ddywedodd yr hogan yn y siop flodau. Ond mi wnes i ddal arni. Gofyn iddi ffonio rownd bob man. Mi gafodd hyd i rai yn y diwedd.' Yn sydyn mae Harri'n cydio yn fy llaw. 'Do, myn diawl, mi gefais i rai i ti yn y diwedd!'

Be fedra i ei ddweud, heblaw gafael yn ei law yntau a'i gwasgu'n ôl? Bet mae o'n ei gweld, nid fi. Mae o'n rhy hwyr o ddeng munud.

'Maen nhw'n flodau mor hapus,' medda fi. Ei swcro fo. Trio'i helpu o i ddal ei afael yn ddoe am ychydig bach eto. 'Maen nhw wastad yn chwilio am y golau.'

'Na, dwi'm isio golau.' Mae o'n gollwng fy llaw fel pe bai fy nghyffyrddiad i'n llosgi drwy'i groen o. 'Mae'n brifo'n llygaid i. Ma'n well gen i ista yn y tywyllwch.' Mae'n swnio'n biwis rŵan, bron yn flin, a'i lygaid yn farw drachefn. 'Dim golau.'

Dydi'n sgwrs am y blodau ddim wedi bodoli iddo fo. Teimlaf lwmp yn dod i fy ngwddw a throf oddi wrtho, ond er fy mwyn fy hun dwi'n gwneud hynny. Dydi Harri ddim callach fy mod i'n torri 'nghalon.

Dros Bet.

A throsta i fy hun.

BET

Pan enillodd Harri Anwyl y Fedal Ryddiaith yn yr Eisteddfod Genedlaethol roedd Elliw, fy merch, yn bedair oed. Dwi'n ei gweld hi rŵan yn ei dyngarîs pinc a finnau'n ei gadael hi yng ngofal Mam am y diwrnod. Roeddwn i newydd gael gwaith gan y cylchgrawn *Pethe*. Dim byd mawr – colofn fach fisol, ysgafn am ferch yn dychwelyd i fyd gwaith ar ôl bod adref hefo'i phlentyn, rhyw fath o 'olwg merch fodern ar y byd'. Roeddwn i'n rhyw boitsio hefo sgrifennu straeon byrion hefyd ac wedi cael digon o hwyl ar ambell un iddi gael ei chyhoeddi. Dechreuais fagu tipyn o hyder a meddwl am fentro i fyd sgrifennu nofel hyd yn oed. Felly pan ofynnodd Heulwen, un o olygyddion y cylchgrawn, a fyddwn i'n fodlon rhoi cyfweliad i Brif Lenor yr Eisteddfod oherwydd bod Gwynne Rees, y gohebydd arferol, yn sâl yn ei wely, mi neidiais at y cyfle.

Yn ystod y blynyddoedd ar ôl geni Elliw mi newidiodd rhywbeth ym mherthynas Dei, fy ngŵr, a fi. Rhywbeth graddol oedd o, am wn i. Ac eto, hyd yn oed cyn i ni gael y fechan roeddwn i wedi dechrau synhwyro rhyw bellter ambell waith. Pe bawn i'n onest, efallai mai plentyn cymodi oedd Elliw. Y babi hwyr oedd i fod i wneud pethau'n iawn, dod â phethau'n ôl fel roedden nhw. Wyddwn i ddim fod gan Dei rywun arall bryd hynny. A bod ganddo rywun gwahanol wedyn. Ac wedyn. Roeddwn i'n fy meio fy hun am roi gormod o sylw i'r fechan, am fod wedi blino gormod. Mi wn i erbyn hyn nad oes yna mo'r ffasiwn beth â bod wedi blino gormod i garu os ydi rhywun hefo'r person iawn.

Beth bynnag am gariadon cudd Dei, doedd hynny ddim yn ei atal rhag gweld bai arna i am fod isio bod yn fwy annibynnol ac am fod isio gweithio.

29

'Does dim angen i ti fynd,' meddai. 'Dwi wedi llwyddo i dy gadw di cyhyd, yn do, a dwyt ti ddim angen dim. Adra hefo'r fechan y dylet ti fod, nid ei hwrjio hi ar dy fam o hyd neu ar bwy bynnag fedar ei chymryd hi.'

Doedd hynny ddim yn deg. Ran amlaf roeddwn yn gallu gweithio o'n cartref. Ond roedd Dei yn iawn am un peth. Doedd arnon ni ddim angen yr arian. Rhywbeth arall oedd arna i ei isio. Nid yn gymaint fy annibyniaeth ond yn hytrach rhyw angen i gael fy ngwerthfawrogi. Fy nghanmol. Cael rhywbeth bach i mi fy hun. Dyna oedd y sgrifennu. Rhyddhad. Gollyngdod. Dihangfa o bosib. Elliw oedd calon fy myd. Iddi hi roeddwn i'n byw. Roedd Dei a fi eisoes wedi cyrraedd y pwynt di-droi'n-ôl hwnnw lle nad oedd yna ddim byd ond mân gecru a chadw wyneb a jyst gwneud y gorau ohoni. Ond yn ddwfn tu mewn i mi dechreuais ofni na fyddai gwneud y gorau ohoni ddim yn ddigon am weddill fy oes, er gwaetha'r ffaith fod Elliw'n rhoi rheswm i mi godi yn y bore. Roedd arna i isio mwy. Ac roedd dechrau gweithio hefo criw *Pethe* wedi gwneud i mi sylweddoli efallai fod modd i mi gael hyd i beth bynnag roeddwn i'n chwilio amdano wedi'r cyfan. Llwyddiant. Hunan-barch. Sialens. Feddyliais i erioed y byddai'r ffaith fod Gwynne Rees yn ei wely hefo'r ffliw yn newid fy mywyd i am byth.

Doeddwn i ddim yn siŵr iawn beth i'w feddwl o Harri Anwyl ar y dechrau. Mi wyddwn i eisoes am y llyfrau roedd o wedi'u cyhoeddi, a gwnes fy ngwaith cartref yn drylwyr a darllen ambell un yn fanwl, llithro drwy ambell un arall. Gofynnais yr hyn a dybiwn i oedd yn gwestiynau call, diwylliedig. Roedd yna ddwy gwpanaid o goffi ar y bwrdd o'n blaenau ni. Gwagiodd Harri ddiferion olaf ei gwpan ac edrych arna i gyda rhyw gymysgedd o draha a direidi:

'Dywedwch y gwir wrtha i rŵan, Bet. Ddarllenoch chi erioed yr un o fy llyfrau i nes clywsoch chi eich bod chi'n dod yma i fy nghyfweld i heddiw? Dach chi wedi bod yn adolygu ar frys fel merch ysgol cyn arholiad.'

Roedden ni eisoes wedi sefydlu ei bod hi'n mynd i fod yn berthynas enwau cyntaf, Bet a Harri, er gwaetha'r 'chi' a'r 'chithau', ond y munud hwnnw teimlais fel cymryd cam yn ôl a'i alw'n Mr Anwyl unwaith yn rhagor. Roedd yna rywbeth ynglŷn â'r dyn yma oedd yn codi fy ngwrychyn i. Roedd bron popeth a ddywedai wrtha i'n procio a thanio, a minnau er fy ngwaethaf yn codi i'r her o hyd. Pan ddaeth y cyfweliad i ben ac yntau'n ysgwyd fy llaw, roedd hi fel pe bai sioc drydan wedi mynd drwy fy mysedd i. Edrychodd i fyw fy llygaid fel pe bai o'n gwybod hynny'n iawn a dal fy edrychiad am eiliad neu ddwy yn hirach nag oedd raid.

Dyna pryd sylweddolais i nad oeddwn i isio mynd a'i adael o.

Dydw i ddim wedi cael gwared o'r hunllefau'n llwyr. Maen nhw'n dal i ddod pan fydda i'n stresd. Fel tasai'r holl boeni a hel meddyliau'n hitio rhyw swits yn fy mrên i ac yn fy atgoffa fod yna bethau gwaeth. Dwi wastad yn deffro i sŵn y dŵr a haul gwyn yn fy nallu a throi popeth yn llinellau igam-ogam sy'n ffrio o flaen fy llygaid fel interffîrans ar sgrin deledu. Wedyn mae popeth yn duo – dim signal yn fy mhen i. Dim. Deffro a'r ymennydd yn cau a finnau'n chwys oer a'r gorffennol yn fy nal i o hyd . . .

'Eifs?'

Mae o'n hir uffernol yn ateb ei ffôn. Dwi'n colli amynedd, yn dyheu am glywed llais cyfeillgar i ganslo'r holl shit o 'mhen i. Roeddwn i ar y shifft nos neithiwr. Dyna pam dwi wedi cysgu tan dri o'r gloch y prynhawn. Roedd hi'n wyth o'r gloch y bore 'ma arna i'n cael mynd i fy ngwely. Nacyring. Dwi'n casáu gweithio drwy'r nos. Fydda i ddim ond yn cytuno i wneud hynny ambell waith os oes rhyw drafferthion hefo'r rota gwaith a rhywun yn sâl. Fel arfer mae'n well gen i lai o gyflog a mwy o gwsg. Cysgu yn y dydd yn dda i ddim. Ffôn yn canu, ceir, cŵn, pobol. Dydi unrhyw un sy'n mynd yn groes i'r drefn yn cael dim chwarae teg. A dydi cysgu yn ystod y dydd ddim yn garantî na cheith rhywun hunllefau chwaith. Camsyniad ydi meddwl mai dim ond yn y nos mae'r rheiny'n dod.

Mae Eifs yn dweud 'helô' o'r diwedd. Mae o'n gwybod mai fi sy 'na o achos fod fy enw i'n dod i fyny ar sgrin ei ffôn o. Mwy o reswm iddo fo frysio i ateb. Dwi'n teimlo'n biwis.

'Lle wyt ti?'

'Yn cael te hefo'r Cwîn. Lle uffar ti'n feddwl ydw i? Rhai ohonon ni'n dal yn eu gwaith, sti!'

'O leia dwyt ti ddim wedi bod ar dy draed drwy'r nos.'

'A dwi ddim yn cael dybl taim chwaith, fel rhai pobol!'

'Fedri di alw ar dy ffordd adra? Plis?'

Mae'n rhaid fod yna rywbeth yn fy llais yn fy mradychu.

'Paid â byta. Mi biga i Chinese i fyny ar fy ffordd.'

Mae o'n fy nabod i'n rhy dda. Dwi'n rhoi fy mobeil ar y bwrdd o fy mlaen. Ail-tsiecio rhag ofn bod Rhydian wedi gadael neges tra oeddwn i'n cysgu gynnau. Hawdd methu ambell un. Sgrolio eto. I fyny ac i lawr.

Dim byd.

Codi'r foliwm ryw fymryn uwch rhag i mi bendympian eto a'i golli o.

Mi decstith o yn y munud. Prysur ydi o. Methu cael cyfle. Mi ro' i'r ffôn i lawr yn fama. Reit yn fan hyn.

Rhag ofn.

Er mwyn i mi allu'i ateb o'n syth.

Bob tro dwi'n dod adref o Gartref Gwern Llwyn mae rhyw flys hel atgofion arna i. Mae o'n fy atal rhag eistedd, rhoi fy mhen ar y bwrdd a chrio lond fy mol. Dwi'n mynd i'r drôr ac yn estyn ei lythyrau o, ambell gerdyn a rhosys cochion arno. Drwy'r blynyddoedd mi lwyddodd i gael hyd i gardiau hefo blodau'r haul arnyn nhw hefyd. Mae'r llawysgrifen coesau-pryfed-cop yn toddi rhyw ddarn bach ohono' i bob tro y bydda i'n ei darllen hi.

Roedd o'n gysglyd heddiw. Mae gormod o wres canolog yn y llefydd 'ma. Dydi o ddim yn beth iach. Dwi'n sbio i gyfeiriad fy nhân oer fy hun, yn fud a heb ei gyffwrdd yn y grât. Pendroni a wna i roi matsien ynddo ai peidio. Byddai'n braf gweld Harri o flaen tân glo eto, yn ymestyn ei ddwylo at y gwres. Byddai'n mwynhau gwylio dawns y fflamau. Mae o'n cael y pleser rhyfeddaf weithiau o syllu ar bethau am amser hir – cymylau, dail, glaw. Fedra i ddim ond dychmygu pa luniau sy'n troi ar echel ei gof bryd hynny.

Maen nhw'n gofalu amdano fo'n dda yna, chwarae teg. Dydi bod yng nghwmni Harri ddim bob amser yn hawdd, ac yntau fel mae o. Mae'r Gwenllian fach 'na yn dda hefo fo, yn annwyl iawn ohono fo. Dwi wedi dechrau sylwi'n fanwl arni ers tro. Mae hithau wedi bod yn fy ngwylio innau hefyd. Dwi'n gwybod. Roeddwn i'n gallu synhwyro'i phresenoldeb yn aml. Ond doedden ni ddim wedi siarad dim, ar wahân i ambell 'helô'. Tan heddiw. Mi siaradon ni heddiw. Fi gychwynnodd bethau. Roedd hi yno'n hofran, yn tacluso pethau o gwmpas Harri fel pe bai hi'n disgwyl i mi ddweud rhywbeth.

Mae'i swildod yn syndod. Mae'i hedrychiad hi'n ddigon hyderus – y colur amlwg, y lipstic tywyll, sawl twll ym mhob clust. Ond, a bod yn deg, does ganddi hi byth fwy na dau glustdlws ym mhob clust y dyddiau hyn. Mae'i gwallt hi'n dywyll a'i chroen yn wyn, yn gwneud i mi feddwl am luniau o Eira Wen mewn llyfr plant. Oherwydd ei gwaith mae hi'n clymu'r tresi hirion yn ôl ond mae cymaint o wallt nes ei fod o'n dianc o'i gribau o hyd. Mae hyn yn ei gwneud hi'n debycach fyth i ferch mewn chwedl sydd wedi rhedeg i osgoi crafangau rhyw gawr drwg.

Mae hi wedi dyfalu am Harri a finnau. Yr hyn oedden ni i'n gilydd. Roedd rhan ohono' i isio iddi wybod. Mae modd cadw ambell gyfrinach yn rhy hir fel nad oes unrhyw effaith iddi yn y diwedd. Pe bai pobol wedi clywed am Harri a fi ar anterth ein carwriaeth byddai wedi achosi sgandal. Mêl ar fysedd go iawn. Nid erbyn hyn. Edrych arna i'n drist a charedig maen nhw rŵan os ydyn nhw'n amau hynny, fel ddaru Gwenllian. Dwi ddim yn siŵr ydi hi'n well gen i hynny chwaith. Mi faswn i wedi wynebu unrhyw sgandal ers talwm, unrhyw beth, pe bai Harri yno wrth fy ochr i. Ond nid felly y bu pethau. Oedd, roedd o'n gariad go iawn. Cariad angerddol. Cariad unwaith mewn oes. Ond ambell waith dydi hyd yn oed hynny ddim cweit yn ddigon.

Pan welais i'r blodau bore 'ma yn Tesco, llond pwcedi ohonyn nhw, fedrwn i ddim mynd heibio iddyn nhw heb brynu rhai i stafell Harri. Doedden nhw ddim mor hawdd i'w cael ers talwm. Ond blodau'r haul fyddai Harri'n eu prynu i mi bob tro fyddai o'n eu gweld nhw. Mi wnes i'r camgymeriad o ddweud wrtho'n gynnar iawn yn ein perthynas fy mod i wrth fy modd hefo nhw a byth oddi ar hynny roedd o'n gwneud gorchest fawr o gael hyd iddyn nhw i mi, hyd yn oed pan nad oedden nhw yn eu tymor. Y blodau sy'n chwerthin. Fel ni. Dyna fyddai o'n ei ddweud amdanyn nhw. Roedd o'n dipyn o hen ramantydd. Ar ôl i ni fod yn sôn am gerddi R. Williams Parry ryw dro, mi ddarganfu Harri hefyd pa mor hoff oeddwn i o glychau'r gog.

'Tyrd,' meddai un amser cinio ffrwcslyd a ninnau fel arfer hefo dim llawer mwy na rhyw awran i'w threulio yng nghwmni'n gilydd, 'mae gen i syrpréis i ti.'

Amser cinio. Cwta awr. Brechdan, cusan, sgwrs. Munudau prin. Dwi'n cofio nad oedd gen i esgidiau addas iawn i gerdded yn gyflym drwy goedwig er mai mis Mai oedd hi. Sandalau bach *peep-toe* oedd gen i, a rhuban ar flaen pob un. Roedd Harri'n cydio'n dynn yn fy llaw, yn fy nhynnu yn fy mlaen, a phob cam a gymerai'n golygu dau neu dri o gamau i mi. Roeddwn i'n colli fy ngwynt, yn colli fy sgidiau, yn dechrau colli amynedd ond doedd yna ddim troi arno. Ymlaen ac ymlaen, a hithau'n serth a'r pridd yn damp o dan draed ac yna'n ddisymwth, dyna lle roedden nhw.

Welais i erioed gymaint o glychau'r gog. Roedden nhw'n llenwi pobman. Nid clystyrau bach twt yma ac acw ond carpedi ohonyn nhw. Roedden nhw'n llenwi fy synhwyrau, yn fy meddwi. Yr hyn dwi'n ei gofio'n bennaf yw arogl y garlleg gwyllt oedd yn tyfu yma ac acw yn eu plith, yn codi fel cyffur anweledig o ganol y glesni. Doedd gen i ddim geiriau.

'Paid byth â 'nghyhuddo i o beidio bod yn rhamantus,' meddai. Roedd ei wefusau'n gynnes yn erbyn fy rhai i ac anghofiais am y pridd oer o dan fy sandalau tenau. Teimlais risgl y goeden yn ddi-ildio yn erbyn y dillad roeddwn i'n eu gwisgo ond byddwn wedi gallu aros yno am byth yn y goedwig hud honno.

Does yna ddim byd gwaeth nag awr ginio'n mynd yn rhy gyflym. Roedd yr awr ginio honno'n brydferthach nag unrhyw un erioed. Dychwelais i'r swyddfa a'r gyfrinach yn nythu yn fy nghalon fel pe bawn i'n cuddio rhyw garreg werthfawr, brin ar gadwyn rhwng fy nwyfron. Edrych ar Janis a Lyn ac Eirlys yn siarad hefo fi, gweld siapiau eu cegau nhw'n symud ond yn clywed dim. Meddwl pa mor gegrwth fyddai'r tair ohonyn nhw pe baen nhw'n gwybod fy mod i wedi bod ym mreichiau Harri Anwyl a hyd at fy mhennau gliniau mewn clychau'r gog.

Bu hyn yn fwriad ganddo ers wythnosau. Roedd wedi bod yn disgwyl am y clychau'n dawel bach. Cynllunio, cynllwynio. Roedd o'n beth hardd i'w wneud, rhywbeth hyfryd. Ac roeddwn innau isio talu'r gymwynas yn ôl.

'Lle ma'r "lle sbesial" 'ma, 'ta?' medda fo.

Ond doedd arna i ddim isio dweud, dim ond ei dywys o yno a gadael iddo wirioni drosto'i hun. Roeddwn i isio mynd â fo i'r lle bu fy mhlentyndod i. Y traeth lle roedd ddoe yn dal yno i mi, yn gynnes rhwng y cerrig llyfn. Fi ydi'r eneth fach benfelen honno o hyd – yn crwydro glan y môr â thywod lond ei sgidia, yn codi'r cerrig hallt ac yn eu gosod yn erbyn ei boch, yn rhyfeddu fod popeth ynglŷn â'r môr yn blasu fel dagrau. Roedd hi'n hen bryd i mi rannu hynny ag o. Ond roedd yn rhaid cael machlud. Roedd ganddo fachlud yn ei nofel ddiweddaraf. Arhosais am y noson berffeithiaf. Y ddau ohonom yn llwyddo i ddianc am ychydig eto dros dro. Finnau mor falch ei fod o'n gallu dod oherwydd mai fi oedd yn gofyn y tro hwn.

Chefais i mo fy siomi. Roedd hwn yn fachlud newydd sbon a'r paent heb sychu arno. Ac Ynys Feudwy cyn hyned â'r cread ei hun, yn gusan hir ar groen y dŵr.

'Mi fedret ti feddwi ar yr olygfa yma hyd yn oed pe na bai yna fachlud,' medda fi.

Roedd yr haul wrthi'n gwasgu diferion olaf ei orchest i'r dŵr nes bod y môr yn serog fel cen pysgodyn. Ond ar Harri roeddwn i'n edrych, er gwaetha'r ffaith fod yr awyr yn troi'n win o flaen fy llygaid. Roedd cudynnau o fôr ac awyr ym mhlygion meddal ei grys a finnau fel pe bawn i wedi fy nal tu mewn i ddarlun byw.

'Roeddet ti'n dweud y gwir,' meddai. 'Mae rhywbeth fel hyn yn lles i'r enaid.' Roedd ei lais yn ddwys, yn ddistaw. Geiriau cyffredin yn swnio fel llinell o farddoniaeth.

Yn rhan o'r llun.

Roedd y llanw ar drai a'r môr yn anadlu'n herciog. Cyn bo hir byddai wedi mynd a gadael y traeth yn noeth, yn rhychau i gyd fel gwely cariadon. Ac mi welwn i'r creigiau serth oddi tanom ni mor llonydd ag erioed, talpiau o dragwyddoldeb du lle roedd adar yn glanio.

'Mi ydan ni mewn lle peryglus,' medda fo.

Daliais yr anadl yn fy ngwddw, clywed ochenaid cotwm fy ffrog yn erbyn ei grys. Ac roedd y môr yn ochneidio 'run pryd, yn ffluwch o nerfau agos, fel pe bai yntau hefyd ar fin caru. Bu'r gusan ei hun yn ddigon am yn hir. Roedd cysgod ei wyneb yn cyffwrdd fy wyneb innau, yn goglais fel awel trwy bais. Ac yna daeth ymchwydd bloesg y tonnau i lenwi fy synhwyrau, yn cymell, cydanadlu, annog, anwylo. Meddalwch ein dillad a llyfnder ein croen yn gyffro, yn gymysg â'r wefr sydyn o'i deimlo tu mewn i mi. A'r cyfan yn fwy brawychus o ddwys am nad oedden ni'n noeth.

Dwi'n cofio wedyn gymaint roedd arna i isio crio achos mi wyddwn na allwn ddilyn ein caru hefo unrhyw eiriau. Felly arhosais yn llonydd, fy nghorff yn dynn yn ei erbyn rhag symud a chwalu pethau. Roedd perffeithrwydd y cyfan fel cerdd orffenedig. Erbyn hyn roedd y môr wedi sugno'r maeth o'r awyr i gyd. Codais ar fy eistedd a theimlo'r oerni sydyn yn chwithig yn erbyn fy wyneb ar ôl gwres ei ysgwydd yn erbyn fy moch. Edrychai'r traeth yn llwyd yn yr hanner gwyll, a cheg Ogof Gladys Ddu yn dduach o'r herwydd. Meddyliais yn sydyn am geg ddiddannedd yr hen wreigan ei hun.

'Anodd credu ei bod hi wedi byw yn fanna ar ei phen ei hun ers talwm. Neu dyna oedd y stori. Meddylia pa mor unig oedd hi.'

Dilynodd yntau fy ngolygon i gyfeiriad y traeth, ac roedd blewyn o ddireidi'n dynn ar draws ei wefus isaf.

'Meddylia sut olygfa oedd ganddi bob nos.'

Erwau o gleisiau byw yn suo, suo.

'Mi gollais i esgid ar y traeth yma ers talwm.'

'Be ddigwyddodd?'

'Gwagio tywod ohoni a'i gollwng i'r dŵr. Mi aeth y llanw â hi.'

Dwi'n cofio na fedrwn i wneud dim ond edrych ar y tonnau'n ei chario'n bellach oddi wrtha i. Mewn rhwystredigaeth lluchiais y llall i mewn i'w chanlyn a gwylio'r ddwy'n nofio i'r pellter fel cychod papur.

'Be wnest ti wedyn?'

'Mynd adra'n droednoeth.'

'A pheidio â chyfadda mai ti luchiodd yr esgid arall?' Gwenodd arna i'n gam.

'I be mae un esgid yn dda?'

Tynnwyd llygaid Harri yn ôl tua'r môr oedd yn gadael y traeth.

'Maen nhw yna rŵan,' medda fo.

'Be?'

'Dy sgidia di. Pâr o sgidia bach gwynion yn nofio i'r machlud.'

Roedd arna i isio cyffwrdd ynddo ond oedais yn rhy hir cyn gwneud. Arhosais mor llonydd nes ei fod o'n brifo.

'Fedret ti ddim bod yn ddim byd arall ond llenor, Harri.'

'Mi wyt tithau'n llenor rŵan.' Dyfynnodd yn chwareus

o'r broliant oedd ar ei gof: '"Ei chyfrol gyntaf o straeon byrion yn delynegol a theimladwy".'

'Dwi'n gorfod gweithio'n g'letach na chdi.'

Ac yn sydyn, roedd hi mor oer. Er bod y machlud tu mewn i mi. Roedd yna rywbeth arall yno hefyd, rhyw gnonyn o chwithdod. O ofni'r anwybod. Fel gorfod mynd adra'n droednoeth. Ond mynd adra at Dei roeddwn i. Dei, fy ngŵr, na fuodd erioed yma hefo fi.

'Ti'n iawn?'

'Meddwl am orfod mynd adra dwi.' Yr un hen gân. Yr un hen ofid. A meddwl amdano yntau'n mynd adra at Beryl. Beryl brysur, annibynnol. Pe bai Dei a Beryl yn ddwy esgid . . .

'Mi fyddan ni'n mynd â fama adra hefo ni,' meddai yntau'n dyner.

Roedd yr awyr tu ôl i ni bellach. Awyr wedi ymlâdd. Yn geg fwyar-duon ac yn rhubanau blêr fel y ferch fach honno a aeth adref heb ei sgidia ers talwm.

'Ma' bywyd fel pryd Chinese. Ni cheir y chwerw heb y melys. Da, 'te? Wn i ddim pa athronydd mawr ddywedodd hynny chwaith.'

'Wali Tomos, Eifs.'

'Ia, ti'n iawn hefyd.' Rhoddodd Eifs y gorau i hel y cartonau hanner gwag at ei gilydd ar ganol y bwrdd. 'Dim ond nad wyt ti ddim yn iawn chwaith, nag wyt?'

'Sori, Eifs. Doeddwn ddim mor llwglyd ag roeddwn i'n ei feddwl wedi'r cwbwl.'

'Mae yna fwy iddi na hynny. Ma'r ddau ohonan ni'n gwybod hynny, Gwen. Dydi'r boi 'ma'n ddim lles i ti. Dwi ddim yn dy gofio di'n ddim byd arall ond trist a llawn angst ers pan wyt ti hefo fo.'

'Dydi o ddim jyst yn hynny. Ma'r hunllef yn ôl. Nid bob nos, ond yn eitha aml eto. Ma' gen i ofn mynd i gysgu.'

Mae Eifs yn llawn consýrn rŵan. Mae o ar gefn ei geffyl ynglŷn â Rhydian o hyd ond rhywbeth arall ydi hyn.

'Wyddwn i ddim, cyw. Ers faint?'

'Rhyw wythnos go lew. Pythefnos efallai. Nid cyn waethed â'r tro cyntaf hwnnw ond yr un fath: y gwres, yr haul, y dŵr. Llinellau gwynion yn mynd o flaen fy llygaid i.'

'Stres ydi hyn, sti. Ti'n dallt hynny, dwyt? Un boen yn arwain at y llall.'

'O, Eifs, plis. Rho'r gorau iddi hefo'r un hen diwn gron! Wnes i ddim gofyn i ti ddod yma dim ond er mwyn fy meirniadu i.'

Mae'r dagrau poethion yn bygwth dod eto. Mae'n gas gen i ffraeo hefo Eifs. Mae hi mor anodd iddo ddeall fy mherthynas i hefo Rhydian. Dwi'n gwybod na fydda i byth yn flaenoriaeth gan y dyn dwi'n ei garu. Mi fydda i wastad yn ail orau. O reidrwydd. Mi drafodon ni'r peth. Bod yn aeddfed ydi peth felly. Roedd o'n aros hefo Bethan er mwyn y plant. Dwi'n gwybod mai'r peth doeth, call a chyfrifol ydi cerdded oddi wrth y cyfan, yr holl sefyllfa. Ond fedra i ddim byw hebddo fo. Fedra i ddim. Mi wnes i drio fy ngorau'r tro diwethaf. Bod yn gryf. Ond fo ddaeth i chwilio amdana i. Doedd o ddim yn gallu diodda hebdda innau chwaith, nag oedd? A finnau'n rhy wan i fy rhoi fy hun drwy'r un felin eto. Y gwir yw, er gwaetha popeth, yr holl boeni a'r hiraeth a'r byw ar bigau'r drain, fedra i ddim goroesi hebddo fo. Dwi'n dal i ddod yn ôl i'r un lle. Rydan ni'n briliant hefo'n gilydd. Mae fy mywyd i'n well hefo Rhydian ynddo fo, er cyn lleied ydi hynny.

'Ti'n rong, Eifs. Mae Rhydian yn fy ngwneud i'n hapus.'

'Mae yna lot o ddynion sengl allan yn fanna allai dy wneud di'n hapus, Gwen. Rhai fasai'n rhoi eu hamser i ti fel rwyt ti'n haeddu.' Ond mae tynerwch yn ei lais o. Gormod. Ac mae'r llifddorau'n agor. Dagrau crwn yn powlio i lawr fy mochau fel mwclis poethion.

'Fedri di ddim dewis hefo pwy ti'n syrthio mewn cariad, Eifs.'

Fel pe na bai Eifs yn gwybod hynny cystal â neb. Nid dewis bod yn hoyw wnaeth yntau chwaith. Uwchben y stêm sy'n codi o'i gwpan goffi mae'i lygaid o'n edrych yn hen. Mae o'n ddoethach nag a feddyliais. Yn yfed cyn siarad. Dweud pethau neis.

'Ti'n grêt o hogan, Gwenni. Ffeind, doniol, pishyn.'

Dwi'n rhoi gwên soeglyd iddo drwy fy nagrau ac yn eu sychu hefo ymyl fy llawes.

'A rŵan ti'n mynd ddweud wrtha i fy mod i'n haeddu gwell?'

'Dwi ddim haws â gwneud hynny bellach, nac'dw? Dwi'n amau dy fod ti'n gweld hynny drosot ti dy hun, dim ond nad oes gen ti mo'r help. Mae'r boi 'ma fel cyffur i ti, Gwen. Ti'n hwcd a ti'n byw o un ffics i'r llall. A fedri di mo'i wrthod o. Yr unig un fedar newid dy sefyllfa di ydi ti dy hun. Y cwbwl fedra i ei wneud ydi bod yma i ti hefo'r Kleenex a'r paneidiau a'r bwyd Chinese.'

'Ti'n fêt, Ei.'

Ond mae o hefyd yn llygad ei le. Feddyliais i erioed am y peth felly ond mae Eifs yn iawn. Mae un tecst gan Rhydian naill ai'n fy nghodi i'r entrychion neu'n fy mhlymio i waelodion fy enaid. Ond fy newis i ydi o. Dwi'n fy argyhoeddi fy hun fod ein teimladau tuag at ein gilydd yn ddigon cryf i wrthsefyll unrhyw beth. Y ffaith ei fod o wedi fy rhoi i'r naill ochr bryd hynny i ganolbwyntio ar achub ei briodas. Fy ngalw i'n ôl wedyn pan oedd pethau'n 'saff'. Daliais i'w garu drwy'r Nadolig cyntaf uffernol hwnnw, a fynta'n anfon ambell decst tra oedd o hefo'i deulu. Faint o gysur oedd hynny, mewn gwirionedd, heblaw f'atgoffa i'n greulon mai yn rhywle arall hefo pobol eraill oedd ei le o? Ond fyddai o ddim yn dal i wneud hynny pe na bawn i'n golygu rhywbeth iddo, na fyddai? Fyddai o ddim wedi dewis dod yn ôl. Fyddai o ddim yn dal i drio fy ngweld i, dweud wrtha i faint mae o'n fy ngharu i, pe bai ei briodas o a Bethan yn berffaith, na fyddai? Peryglu popeth?

Dwi'n gwylio Eifion, fy ffrind, yn clirio gweddillion y pryd parod, yn gofalu fy mod i'n bwyta, yn edrych ar fy ôl i. Mae gen i feddwl y byd ohono ond dwi'n casáu'r ffaith ei fod o'n bwrw amheuon dros bopeth. Rêl rhyw hen ferch, yn ffysio ac yn ffwdanu. Rhaid i minnau ymlacio, peidio â 'nghymryd fy hun ormod o ddifri. Bywyd mor fyr, dydi? Rhy fyr. Mi ddylwn i, o bawb, wybod hynny. Dydi'r hunllef 'ma sy'n bygwth dychwelyd o hyd ddim yn gadael i mi anghofio hynny, nac ydi?

Yn sydyn, mae yna sŵn yn fy ffôn i. Y golau bach coch. Rhydian.

'*Haia, pishyn. Meddwl amdanat. Cinio bach wsos yma gobeithio. Caru chdi xxx*'.

Ac mae popeth yn iawn eto. Awydd bwyd wedi dod yn ôl. Dwi'n cipio gweddillion y *sweet and sour* cyn i Eifs eu symud i gyfeiriad y sinc. Panad arall. Na, glasiad o win. Ddaw yr hunllef ddim heno. Dwi bron yn siŵr o hynny. A dw innau ddim am swcro Eifs chwaith a gofyn rhyw gwestiynau gwirion i mi fy hun, fel: ydw i'n caru Rhydian yn fwy nag y mae o'n fy ngharu i? Chwarae plant.

C'mon, Gwenllian. *Get a grip.*

Ac mae'r gwin yn felysach heno nag y bu ers tro byd.

Doeddwn i erioed wedi caru'r un dyn fel hyn. Hefo'r fath angerdd. Roedd fy nhu mewn yn gryndod wrth feddwl am ei weld. Roeddwn i'n teimlo'n un ar bymtheg eto ac yn ymddwyn felly hefyd ar brydiau, taswn i'n onest. Arbrofi hefo colur, lipstic newydd, dillad newydd. Ond dim persawr. Byth.

'Mae o'n hyfryd arnat ti, Bet, ond yn beryglus. Dwi'n mynd adra hefo dy sent di ar fy nillad. Wn i ddim sut na sylwodd Beryl arno fo'r noson o'r blaen achos roeddwn i'n gallu'i ogleuo fo ar fy siaced.'

Yn hanner cellwair, hanner beirniadu. Paid â defnyddio dy hoff bersawr pan wyt ti hefo fi rhag i 'ngwraig i sylwi. Dilynais y cyfarwyddyd hwnnw'n ddigwestiwn. Y peth olaf roeddwn i, roedd y ddau ohonom, ei isio oedd tynnu miri i'n pennau. Brifo pobol. Peth bach oedd o. Gwisgo sent. Peth mawr i'w ofyn. Paid. Ond dysgais ddygymod oherwydd 'mod i'n ei garu o. Roedd o'n dal i ddefnyddio'r persawr siafio drud hwnnw a fyddai'n glynu yn ei dro wrth fy nillad innau ar ôl i ni fod gyda'n gilydd. Bob tro y byddwn yn un o siopau mawr y ddinas mi fyddwn yn mynd ar fy union at y cownter persawr dynion a chwistrellu hoff botel Harri dros lawes fy nghôt. Plentynnaidd, ynteu dynes o'i cho'? Pethau felly mae cariad yn ei wneud i rywun – eich amddifadu o bob synnwyr a rheswm. Dwi'n cofio gwneud rhywbeth tebyg i Elliw pan adewais i hi dros nos unwaith – chwistrellu fy mhersawr dros ei thedi bêr rhag iddi hiraethu gormod.

Roedd misoedd cyntaf ein carwriaeth bron yn swreal. Roedden ni'n dau wedi meddwi ar ein gilydd. Wyddwn i ddim y gallai'r fath drydan fodoli rhwng dau berson. Roeddwn i'n byw am ei weld, am yr oriau roedden ni'n eu dwyn er mwyn cael bod hefo'n gilydd: y cyffro a'r caru. Roedd o'n fy nghynnal i a doedd arna i ddim isio meddwl nac ystyried y byddai'r fath deimlad byth yn dod i ben. Felly, pan ddechreuodd pethau dawelu rhyngon ni ryw fymryn dewisais anwybyddu'r arwyddion. Doedd o ddim yn cysylltu cweit mor aml ac er bod ein caru mor danbaid ag erioed ac na wnes i deimlo am funud nad oedd o'n fy ngharu i ddim llai, roedd yna newid yn Harri. Roedd rhyw aflonyddwch ynddo, rhyw nerfusrwydd diarth.

Roedden ni wedi parcio yn un o'n llefydd arferol. Neb yno heblaw ni. Erwau llwydion y llyn gerllaw yn dechrau corddi yn y gwyll cynnar wrth i awel fain godi o nunlle. Fedrwn i ddim dal rhagor. Roedd yna rywbeth yn corddi tu mewn i minnau, rhyw hen ddiawledigrwydd yn fy ngwthio i bwnio a phigo.

'Dydi pethau ddim yn iawn, nac'dyn, Harri?'

Roedd fy nghwestiwn yn annisgwyl, mi wn, ac mi laciodd ei afael yn fy llaw wrth i mi edrych i fyw ei lygaid o. Atebodd o ddim yn syth. Syllu'n syth o'i flaen. Osgoi geiriau. Edrych arna i drachefn fel pe bai o'n fy herio i i brocio mwy arno. Ac mi wnes.

'Mae rhywbeth ar dy feddwl di, yn does?'

Hyd yn oed wrth i mi yngan y geiriau roeddwn i'n difaru eu gofyn nhw, yn teimlo'r panig yn cau fy ngwddw i.

'Mae Beryl yn amau rhywbeth, Bet.'

'Be? Sut ...?'

'Nid chdi. Dydi hi'n gwybod dim byd amdanat ti.' Roedd o'n trio fy nghysuro i, ac yn yr hyn na ddywedodd o mi wyddwn y byddai'n fy amddiffyn pe bai raid, ond nid dyna oedd yn fy mhoeni i rŵan. Roeddwn i wedi agor y llifddorau a doedd arna i ddim isio clywed y gweddill er nad oedd dewis bellach.

'Rydan ni wedi bod mor ofalus.' Nid fy llais i oedd o. Geiriau rhywun arall yn dod o ben draw rhyw dwnnel yn rhywle. Gallwn deimlo dŵr y llyn yn gwthio tuag ata i drwy windsgrin y car. Llwyd, oer, llaith. Llwyd, oer, llaith. Ac roeddwn yn dal fy nghorff i gyd yn dynn, dynn, fel pe bawn i wir yn disgwyl iddo orlifo'i lannau a golchi dros fy mhen i.

'Pethau bach i ddechrau,' meddai Harri'n dawel.

Pam na fyddai o wedi sôn am hyn ynghynt? Fy mharatoi i? Ddywedodd o ddim oll am y tensiwn rhyngddo fo a Beryl, yr holl ffraeo. A'r amlen wag.

'Y nodyn bach del hwnnw sgwennaist ti ata i ddwytha,' meddai Harri. Er gwaetha'r boen yn ei lygaid, roedd cysgod o wên yn bygwth cyrlio'i wefusau o am ennyd.

Roeddwn i'n cofio'r nodyn air am air bron: y pethau cariadus arferol. Fyddai dim cywilydd gen i i neb arall eu gweld. Dim ofn. Oni bai i'r 'neb arall' honno fod yn Beryl. Es i'n oer ac yn chwys domen yr un pryd. Gwelodd Harri'r braw yn fy llygaid a rhoi ei law dros f'un i.

'Na, dim ond yr amlen welodd hi,' meddai, gan ateb y cwestiwn oedd yn llosgi ei ôl ar fy ymennydd i fel hetar smwddio wedi'i adael a'i wyneb i lawr ar liain gwyn.

Llifodd rhyw fath o ryddhad drosta i. Dim ond yr amlen. Un binc a chusan arni.

'Doedd lliw'r amlen ddim yn helpu.'

Roedd o'n cael hwyl dda ar ddarllen fy meddwl i, meddyliais. Ond wedyn, onid dyna'r cwlwm fu rhyngon ni o'r dechrau? Y telepathi rhyfeddol 'ma oedd yn ein tynnu ni'n nes dro ar ôl tro, yr hyn oedd yn gwneud beth oedd rhyngon ni mor arbennig.

'Sut wnest ti egluro?'

'Wel, drwy drugaredd roeddwn i wedi cael gwared o'r llythyr.' Edrychai'n euog, ymddiheurol wrth ddweud hynny er mai dyna'r ddealltwriaeth rhyngon ni. Peidio cadw dim byd a allai dystio i'n perthynas ni. Dyna pam na fedrwn i ddim credu'i fod o wedi dal ei afael yn rhywbeth mor bitw a diystyr ag amlen.

'Gweithred ddifeddwl, dyna i gyd,' meddai. 'Stwffio'r amlen i boced fy nghôt wrth roi matsien yn y llythyr ac anghofio popeth amdani. Beryl wedyn yn mynd i fy mhoced i a chael hyd iddi.'

'O? Mae hi'n mynd drwy dy bocedi di'n aml felly?' Gwyddwn fod tinc o chwerwedd yn fy llais i. Doedd gen i mo'r help. Roedd rhan ohono' i'n flin hefo Harri am fod mor flêr a'r rhan arall yn berwi o gasineb at y ddynes ddigywilydd 'ma oedd yn chwilio drwy bocedi côt ei gŵr fel pe bai hi'n cribinio am gliwiau. Doedd arna i ddim isio cydnabod am eiliad y byddai ganddi berffaith hawl i wneud hynny gan mai hi oedd ei wraig o. Doedd synnwyr cyffredin ddim yn dod iddi, nag oedd? Yn fy meddwl bach i, fi oedd pia Harri gan mai fi roedd o'n ei charu. Roedd cariad yn rhoi hawliau i minnau hefyd. Ia, dyna pa mor naïf oeddwn i'r dyddiau hynny, mae'n debyg.

'Chwilio am newid mân oedd hi,' meddai Harri, braidd yn llipa. 'Mi ofynnodd beth oedd yr amlen. Wrth lwc doedd fy enw i ddim arni, nag oedd? Mi ddywedais fy mod i wedi'i chodi hi oddi ar y bwrdd yn y gwaith a chan ei bod yn wag a dienw penderfynais ei defnyddio i sgrifennu arni.'

Fyddai hyn ddim wedi gwneud synnwyr i bawb ond i rywun fel Harri, oedd yn awdur, roedd yn hollol gredadwy. Mi fyddai byth a beunydd yn sgrifennu geiriau a syniadau a phytiau o frawddegau ar dameidiau o bapur, ar amlenni, ar gefnau biliau. Mae o'n rhywbeth mae sgrifenwyr yn ei wneud. Byddwn yn tynnu'i goes o'n aml am hyn ac yn dweud y dylai gael llyfr bach du, swyddogol. Yntau'n cellwair mai beirdd ac awduron gwerth eu halen oedd yn cario'r rheiny o gwmpas. Awduron o bwys nid breuddwydiwr rhan-amser fel fo. Roedd o'n hoffi dweud hynny er mwyn i mi brotestio, tynnu'n groes, dweud pa mor wych oedd o. Bwydo'r ego frau honno na wyddai Beryl am ei bodolaeth.

'Pam na choeliodd hi dy stori di? Mi fyddai hynny wedi bod yn rhywbeth hollol resymol i ti ei wneud.'

'Byddai, mae'n debyg.' Ochneidiodd. 'Ond roedd hi wedi penderfynu'r diwrnod hwnnw y byddai popeth a ddywedwn i'n gelwydd. Mi luchiodd bob mathau o bethau ar draws fy nannedd i wedyn.'

'Fel be?' Doeddwn i ddim yn hollol siŵr oeddwn i isio gwybod.

'Dweud fy mod i wedi prynu llond drôr o ddillad isa newydd yn ddiweddar. Yn torri 'ngwallt yn amlach. Yn hwyrach yn dod adra o lefydd, yn gwisgo fy nghrysau gorau yn ystod yr wythnos. Y rwtsh arferol. Finna'n taeru fod du'n wyn, wrth gwrs. Dweud wrthi am gallio, mai yn ei dychymyg hi roedd y cyfan.'

Pam roedd y geiriau olaf yna, y celwydd angenrheidiol yna, yn brifo cymaint? Dyna oedd yn rhaid iddo'i wneud, 'te? Fy ngwadu i. Ond roedd yn teimlo fel pe bai o wedi fy nhrywanu i. Crogai ei eiriau yn y gwagle rhyngon ni a fedrwn i ddweud dim am sbel. Roedd fy ngwddw i wedi cau.

'Bet? Ti'n iawn?'

'Disgwyl clywed ceiliog yn canu.'

'Be?'

'Dim byd.'

Welodd o mo'r ergyd. Roedd ei feddwl o'n rhy llawn o'i boen ei hun.

'Mae hi wedi fy nghyhuddo i o gael affêr. Dwi inna'n gwadu pob dim fel uffar wrth gwrs.'

'Wrth gwrs.'

Ond roeddwn i'n anghytuno'n dawel fach yn fy meddwl. Yn credu mai dyma'i gyfle i gyfadda'r cwbwl, i ddweud ei fod o mewn cariad hefo rhywun arall.

'Mi fydd raid i ni adael pethau am dipyn, Bet. Gadael i bethau dawelu. Rho chydig o wsnosa i mi, ia?'

Fedrwn i ddim credu'r hyn roedd o'n amlwg yn ei ofyn. Cilia i'r cysgodion, Bet, i mi gael gweithio ar fy mhriodas ac mi ailgydiwn ni yn ein perthynas pan fydd hi'n saff unwaith yn rhagor. Perthynas? Efallai mai Beryl oedd yn iawn, wedi'r cyfan. Dim ond rhyw affêr bathetig oedd hon a finna, gwraig yn fy oed a'm hamser, yn gwirioni 'mhen fel rhyw damaid o ferch ysgol. Mi faswn i wedi gadael Dei er mwyn Harri heb feddwl ddwywaith. Roedd popeth o 'nghwmpas i wedi fferru. Teimlai fy wyneb fel masg ac roedd symud fy ngwefusau'n artaith. Dim ond un gair ddaeth allan.

'Na.'

'Be?' Roedd o'n gwasgu fy llaw i'n dynnach, ei wyneb yntau'n un rhwydwaith o ansicrwydd. Roedd o wedi arfer cael fy nghefnogaeth lwyr ym mhopeth. Bet ffyddlon, ffôl. Ond roedd fy myd i, fy ffydd i yn yr hyn roedd o'n ei deimlo amdana i, yn yfflon.

'Fedri di ddim cael y ddwy ohonon ni, Harri.'

Oni bai fod hon yn sefyllfa mor galonrwygol, mi fyddai'r anghrediniaeth ar ei wyneb o bron yn ddoniol.

'Doeddwn i ddim yn disgwyl i ti ymateb fel hyn,' meddai.

'Sut oeddet ti'n disgwyl i mi ymateb, Harri?' Roeddwn i'n llwyddo i sibrwd erbyn hyn, fy nagrau'n clymu popeth yn fy ngwddw i.

'Rho amser i mi, dyna i gyd. Amser i sortio pethau.'

'Sortio be? Dy ysgariad?'

'Bet, plis . . .?'

'Harri, mi wyt ti wedi gwneud dy ddewis, ac nid fi ydi hi, naci?'

'Bet, dwi'n dy garu di . . .'

'A beth am Beryl? Os wyt ti mewn cariad hefo fi fedri di ddim mo'i charu hi hefyd, na fedri?'

Atebodd o ddim. Roedd ei dawedogrwydd yn fy lladd i. Fedrwn i ddim dioddef yr hyn nad oedd o'n ei ddweud a daeth rhyw ddiawledigrwydd drosta i, rhyw awydd gwallgo, byrbwyll i gael gwybod y gwir. Doedd gen i mo'r help. Dechreuais bigo, procio, ei orfodi i siarad.

'Harri, wyt ti'n dal i garu Beryl?'

Doedd o ddim yn gallu edrych arna i.

'Dydi pethau ddim mor syml â hynny, Bet,' meddai o'r diwedd.

'Ydyn, Harri. Os wyt ti mewn cariad hefo rhywun dros dy ben a dy glustia, un dewis fedri di'i wneud.'

Dwi ddim yn cofio mynd allan o'i gar o, mynd i fy nghar fy hun, dechrau dreifio. Dwi'n cofio na wnaeth o ddim gyrru oddi yno'n syth. Fi aeth, a'i adael o yno'n eistedd a'i ddwylo ar y llyw, yn syllu'n syth o'i flaen. Dwi'n cofio hefyd na wnes i ddim crio nes i mi gyrraedd adra. Roedd fy wyneb i'n dal yn fasg oer, difynegiant, yn gwrthod gadael i'r llifddorau agor. Pan gyrhaeddais y tŷ roedd o'n oer ac yn wag: Elliw hefo Mam a Dei'n hel ei draed. Diolchais. Daeth y dagrau wedyn, igiadau creulon yn rhwygo drwy fy nghorff i. Wyddwn i ddim sut roeddwn i'n mynd i ddygymod, sut roeddwn i'n mynd i fyw fy mywyd heb Harri. Trawodd y cloc wyth niwrnod yr awr o'i gornel dywyll yn y cyntedd, yn fy atgoffa fod bywyd yn dal i fynd yn ei flaen a'i bod yn amser i minnau nôl Elliw o dŷ Mam.

Elliw. Codais ei llun yn ei ffrâm arian oddi ar y silff ben tân ac anwesu'i boch drwy'r gwydr llyfn.

Dyna sut y byddwn i'n dygymod.

GWENLLIAN

Mae'r pethau mwyaf annisgwyl yn digwydd ambell waith i symud meddwl rhywun oddi ar ei drafferthion ei hun.

Dydi Harri Anwyl ddim hanner da. Cefais dipyn o fraw pan welais i o'n dal yn ei wely ac yn edrych mor welw a bregus. Roeddwn i wedi cael gwybod ei fod o'n giami pan gyrhaeddais i'r gwaith ben bore wrth i ofalwyr y shifft nos drosglwyddo pethau i ni'r genod wyth tan dri, fel maen nhw'n ein galw ni. Mae fy mhen i wedi bod yn llawn o ddoe tan rŵan, yn llawn o Rhydian a fi ac amser braf hefo'n gilydd yn troi'n belen o ansicrwydd. Mae'r belen honno'n dal i orwedd yn drom ym mhwll fy stumog. Dim lle i frecwast, dim lle i banad. Dim lle i anadlu.

Mae cael ychydig oriau hefo'n gilydd yn bleser prin. Mae hi'n anodd i Rhyds. Dwi wedi deall hynny o'r dechrau. Ond dydi o ddim yn gwneud pethau'n haws i'w derbyn. Hanner awr fan hyn, tri chwarter awr fan draw. Felly mi oedd cael treulio pnawn hefo'n gilydd ddoe yn sbesial. I fod. Wel, mi oedd o, ar y dechrau. Neu efallai mai fi sy'n or-sensitif. Rhy galonfeddal o'r hanner, meddai Rhydian. Rhaid i ti ddysgu delio'n well hefo'r sefyllfa, 'nghariad i. Dyna ddywedodd o. Fo sy'n iawn, wrth gwrs. Ond mae yna rannau o'i fywyd sy'n cyffwrdd fy mywyd i, ac mae o'n brifo. Does gen i mo'r help.

Roedden ni newydd fod yn caru. Roedd y gwely'n gynnes hefo rhyw a chwerthin. Fynta newydd ddweud wrtha i pa mor berffaith oedd popeth rhyngon ni. Edrychodd i fyw fy llygaid, cwpanu fy mron yn ei law a 'moddi mewn cusan.

'Mae hyn yn berffaith,' meddai. 'Mi wyt ti'n berffaith, Gwen.'

Mae o'n un da hefo geiriau. Wastad yn dweud y pethau

mae arna i angen eu clywed. Mae Eifs yn dweud hynny bob amser. Rŵan dwi'n dechrau meddwl ei fod o'n adnabod fy ansicrwydd i. Dwi'n ofni fy mod i'n ymddangos yn rhy anghenus. Rhoi'r llaw ucha iddo. Fy mai i ydi hynny, wrth gwrs.

Beth bynnag, dyna lle roedden ni, yn glyd a chynnes a chariadus a phopeth yn grêt. Symudodd ei law i fwytho fy moch.

'Gwen, mae gen i rywbeth mae'n rhaid i mi ei ddweud wrthot ti ac mae o'n mynd i dy frifo di, 'nghariad i.'

Mae'n rhaid fy mod i'n bathetig o dryloyw. Mi welodd y braw yn fy llygaid heb i mi orfod dweud dim.

'Na, bêbs. Nid hynny.'

Doedd dim raid iddo hyd yn oed yngan y geiriau. Na, paid â phoeni, dwi ddim yn mynd i orffen hefo ti.

'Be sy'n bod, 'ta?' medda fi. Sibrwd. Ddim isio gwybod go iawn.

'Bethan a fi,' meddai. Roedd golwg euog arno fo. 'Mi ydan ni'n mynd i ffwrdd ar wyliau ymhen dipyn.'

'O?' Ond rhyw 'o' digon gwantan oedd o, ymdrech i swnio'n normal, i gymryd diddordeb poléit yn rhywbeth nad oeddwn i isio clywed yr un dim amdano fo. 'Rhywle neis?' Gan ddisgwyl iddo ddweud Llundain neu Iwerddon neu Ardal y Llynnoedd neu rywle felly.

'Bali. Pen-blwydd Beth. Mae hi wastad wedi bod isio mynd yno . . .'

Pythefnos. Dim ond y fo a hi. Y plant yn mynd at eu nain. Fel tasai bod heb Rhydian am bythefnos ddim yn ddigon erchyll, roedd yn rhaid i mi feddwl amdano fo'n treulio'r holl amser yna hefo'i wraig mewn paradwys drofannol. Lleoliad mis mêl go iawn. A doedd y ffaith ei fod o wedi talfyrru'i henw hi ddim yn helpu. Beth. Roedd yna ormod o anwyldeb yn hynny, gormod o fygythiad. Mae o'n mynd

54

i dy frifo di, Gwen. Tw blydi reit. O ddechrau'n perthynas ni, roeddwn i wedi amau faint roedd Rhydian yn fy ngharu i. Roedd y ffaith fy mod i hyd yn oed wedi caniatáu i mi fy hun feddwl felly yn ddychryn i mi. Bron heb feddwl, tynnais oddi wrtho a rowlio i'r rhan wag yn y gwely lle roedd y gynfas yn oer.

'Dwi'n meddwl y dylet ti fynd rŵan, Rhydian.'

Fi, Gwen fach anghenus, yn meiddio dweud hynny wrtho fo. Roeddwn i wedi fy synnu fy hun ond doedd gen i mo'r help. Roedd yna ormod yma i mi ddelio ag o. Roedd o'n ormod i'w ddisgwyl, hyd yn oed gan rywun fel fi.

'Gwen, plis. Paid â bod fel hyn. Mae gynnon ni awran dda eto ar ôl cyn bod raid i mi fod adra ...'

Estynnodd amdana i eto, mwytho fy meingefn, fy ngwegil, cribo'i flys yn flêr trwy fy ngwallt i ...

'Paid.'

Fi oedd yn rheoli rŵan. Yn fy nghalon doeddwn i ddim isio tynnu oddi wrtho fo. Yn fy nghalon roeddwn i isio troi'n ôl ato, agor fel blodyn a'm rhoi fy hun iddo eto. Roeddwn i'n brifo o angen ond roedd yna rywbeth cryfach yn fy nghymell i ddal fy nhir, i gadw fy llais yn llyfn ac yn wastad. Roedd ei wylio'n codi o'r gwely a gwisgo heb yngan gair yn fy llethu. Sefais innau fel delw'n dal y gynfas dros fy noethni. Ymbalfalodd ym mhoced ei gôt am oriadau ei gar a throi ata i, rhoi ei fys ar fy moch. Dim cusan. Dim. Cefais hanner eiliad o bleser wrth weld yr ansicrwydd yn ei lygaid yntau.

'Decstia i di, Gwenllian.' Nid Gwen.

Ac yna roedd y fflat yn wag. Distaw. Llonydd. Mi wyddwn y byddwn i'n crio ond wedyn fyddwn i'n gwneud hynny. Gwnes banad. Ymolchi. Cribo 'ngwallt. Estyn fy nillad gwaith o'r fasged olchi a'u smwddio erbyn drannoeth.

Mae hi wrth y drws yn fy nisgwyl i. Gwenllian â'i llygaid tywyll. Gwen. Mae'n enw mor olau i ferch â gwallt mor ddu.

'Dydi o ddim yn dda, Bet. Ddim yn dda o gwbwl.' Mae rhywbeth yn ei llais yn fy mharatoi. Dwi'n teimlo agosrwydd sydyn at y ferch bryd tywyll 'ma nad ydw i prin yn ei hadnabod, yn teimlo rhyw chwaeroliaeth sy'n pontio dieithrwch, gwahaniaeth oedran, popeth. Rydan ni'n deall ein gilydd.

Mae hi'n gafael yn ysgafn yn fy mraich ac fel chwiorydd rydan ni'n cerdded ar hyd y coridor golau, glân i ystafell Harri. Un blodyn haul sydd ar ôl, mewn fas gulach a thalach na'r llall. Mae hi'n dilyn fy llygaid i ac yn dweud yn dyner:

'Mi fyddai wedi bod yn bechod ei daflu o, dim ond am bod y lleill wedi darfod.'

Mae llafn gwyn o heulwen yn dianc drwy'r bwlch rhwng y llenni ac yn disgyn ar wyneb y blodyn. Dyna'r cyfan dwi'n ei weld am eiliad: ystafell dywyll, ddu a gwyn, a'r blodyn aur yn ganolbwynt y cyfan. Mae Harri ei hun yn rhan o'r cysgodion ac yn araf bach, wrth i mi gynefino â'r distawrwydd, dwi'n ei glywed o'n anadlu ac mae'r clywed yn troi'n wrando. Dwi'n gwrando unwaith eto arno'n cysgu, yn cofio gyda gwefr o hiraeth pa mor ddiamddiffyn ydi cariad mewn cwsg.

'Panad.'

Wnes i ddim sylwi arni'n llithro o'r ystafell a llithro yn ei hôl. Mae hi'n cofio nad ydw i'n cymryd siwgwr. Dwi'n sylwi go iawn pa mor dlws ydi hi: croen golau, gên fain, llygaid lliw cnau a'r amlinell ddu o'u cwmpas yn eu gwneud nhw'n fwy, yn llawn. Llygaid â gofid ynddyn nhw.

Mae hi'n sylwi fy mod i'n gafael yn dyner yn llaw Harri er ei fod o mewn trwmgwsg. Mae'r tabledi maen nhw'n eu rhoi iddo'n gryf, mae'n rhaid.

'Dach chi mewn cariad hefo fo o hyd, tydach?'

Gan unrhyw un arall byddai'r cwestiwn wedi bod yn un powld. Ond nid ganddi hi.

'Ydw, Gwen. Fo oedd yr un. Dydi hynny byth yn darfod.'

Mae hi'n syllu arna i. Mae'r llygaid lliw cnau'n orlawn.

'Dach chi mor lwcus.'

Mae arni hi isio dweud rhywbeth. Ymddiried rhywbeth. Dwi isio iddi wybod fy mod innau'n deall poen. Mi ddywedith wedyn, efallai. Bwrw'i bol.

'Doedd o ddim yn fêl i gyd.'

Mae hi'n gwenu, yn dod â'i chadair yn nes.

'Mi ddylwn i fod yn gwneud rhywbeth. Twtio. Llenwi jygiau dŵr. Rhaid i mi ei symud hi o'r fan hyn neu mi fydda i'n cael sac o le da!' Dydi'r jôc ddim yn cydweddu â'r tristwch yn ei llygaid. Dydi hi ddim yn symud chwaith. Mae pen blodyn yr haul fel bylb golau a'r haul yn wincio arno. 'Mi a' i rŵan i chi gael llonydd efo fo.'

'Na, peidiwch â mynd. Ddeffrith o ddim am sbel yn ôl pob golwg beth bynnag. Arhoswch, Gwen.'

'Mae'r doctor am alw hefo fo eto ddiwedd y pnawn. Pwysau gwaed braidd yn uchel.'

'Tasa fo ddim ond yn fy nabod i unwaith eto . . .' Dwi'n dweud y geiriau'n uchel heb sylweddoli hynny.

'Hen salwch creulon ydi hwn.'

'Mae pob salwch yn greulon i'r sawl sy'n diodda, tydi?'

'Ambell un yn greulonach wrth eu hanwyliaid nhw. Fel dudoch chi, tasa fo ddim ond yn gallu'ch nabod chi ambell waith. Mae o'n gaeth yn ei fyd ei hun.'

'Dwi'n trio'i hiwmro fo, wyddoch chi. Chwarae'r gêm. Weithiau, fi ydi'i chwaer o, ei fam o . . .'

'Dwi'n gwbod. Dach chi'n dda hefo fo. Dwi wedi'ch clywed chi. Mi ydach chi'n gneud y peth iawn. Dydach chi ddim haws â thynnu'n groes i'r demensia.'

Dwi'n sylwi mai'r demensia mae hi'n ei feio, nid Harri ei hun. Mae hynny'n beth annwyl iddi ei ddweud, yn peri i mi glosio mwy fyth ati.

'Mae o'n cofio'r merched eraill 'ma, pobol eraill. Pam na fedar o fy nghofio i? Dyna sydd mor rhwystredig.'

'Fel y dudis i, Bet, hen beth creulon ydi o. Dwi wedi gweld lot ohono fo yn y fan hyn. Mae o'n dorcalonnus. Gweld rhywbeth yn dod ac yn dwyn meddwl rhywun.' Mae ganddi hen ben ar ysgwyddau ifanc. Dydi peth felly ddim yn dod heb ei bris. Gwena'n gam, ac ategu'r hyn sydd yn fy meddwl wrth iddi godi a gosod ei chadair yn ôl yn daclus yn erbyn y wal: 'Mae o bron cyn waethed â rhywun yn dwyn eich calon chi.'

Wedyn mae hi'n mynd heb rannu dim ar ei chyfrinach, dim ond lluchio briwsionyn i 'nghyfeiriad i. Mae haul y prynhawn yn is, yn trywanu trwy'r crac yn y llenni a dwi'n codi i'w tynnu nhw'n nes at ei gilydd.

'Na, paid â gwneud hynna – fedran ni ddim cael gormod o haul!'

Dwi'n fferru, yn methu credu, ond erbyn i mi droi i edrych i gyfeiriad Harri mae o wedi syrthio'n ôl i gysgu. A faswn i byth bythoedd yn trio'i ddeffro fo rŵan. Oherwydd pa freuddwyd bynnag mae o ynddi ar hyn o bryd, dwi'n gwybod fy mod innau yna hefo fo, ac mae o'n fy nal i'n dynn ac rydan ni'n ôl yn y stafell honno mewn gwesty rhad, sy'n teimlo fel y lle cyfoethocaf yn y byd, a'r cyrtans tenau hefo'r patrwm pilipala arnyn nhw heb gael eu tynnu at ei gilydd yn iawn.

Fedra i mo'i ddisgrifio fo. Ysfa? Awydd? Angen? Beth bynnag ydi o, ac er mor afresymol ydi o, mae'n rhaid i mi gael ei gweld hi. Gweld Bethan, gwraig Rhydian. O, nid i siarad. Iesu, naci. Dim ond cipolwg. Ei gweld o bell. O le saff. Dydw i ddim am iddi fy ngweld i o gwbl er nad oes ganddi syniad pwy ydw i, nac am fy modolaeth i. Mae gen i lun yn fy mhen o ferch dipyn yn ddi-lun. Ychydig dros ei phwysau. Rhywun sydd wedi rhoi'r gorau i gymryd gofal o'r ffordd mae hi'n edrych. Rhywun sy'n rhoi ei phlant yn gyntaf bob gafael ac yn esgeuluso'i gŵr. Rhywun nad yw'n haeddu boi fel Rhydian yn gymar.

Mae yna lais bach fel y ddannodd yn swnian yn fy mhen i. Yn rhybuddio. Difaru wnei di, Gwen. Callia. Faint gwell fyddi di o wybod ydi'r Bethan 'ma'n dlws ai peidio? A sut wyt ti'n mynd i gael hyd iddi, beth bynnag? Wel, dwi'n gwybod ei bod hi'n gweithio yn swyddfeydd y cyngor. Rhyw adran yn ymwneud â phethau amgylcheddol. Dwi'n cael pleser maleisus o 'nghysuro fy hun nad ydi hi'n gwneud dim byd pwysicach nag archebu bocsys ailgylchu sbwriel i bobol. Rhyw hogan dew, ddisylw mewn trowsus llac sy'n methu dal ei gafael ar ei dyn. Y dirmyg hwn sy'n fy nghadw i'n gryf. Mae'n rhaid i mi feddwl fel hyn.

Dwi'n troi i mewn i faes parcio'r cyngor a phendroni ynglŷn â'r hyn y dylwn i ei wneud. Dydw i ddim wedi fy mharatoi fy hun ar gyfer yr hyn dwi'n ei weld nesaf. Car Rhydian. Mae o wedi'i barcio'n is i lawr yn y rhes flaen lle mae ceir gweithwyr y cyngor. Rhyfedd, hefyd. Doedd o ddim yn gallu fy nghyfarfod i heddiw, meddai, am ei fod o i lawr yng Nghaerdydd ar fusnes. Dwi'n craffu'n fanylach ar y plât rhif personol, yn gwybod nad ydw i wedi camgymryd ei gar o. Fo ydi o, yn sicr.

Ar amrantiad, mae'r drysau ffrynt gwydr yn agor yn awtomatig. Daw Rhydian allan drwyddyn nhw ac mae yna rywun hefo fo. Merch tua'r un oedran â fo. Ychydig bach yn hŷn na fi. Ond mae hi'n edrych yn dda. A dweud y gwir, mae hi'n edrych yn ffantastig. Mae'i gwallt hi'n hir ac yn frowngoch hyd at hanner ei chefn a *highlights* golau drwyddo fo i gyd. Lliw salon drud, nid lliw o botel wedi'i wneud adra tra oedd hi'n dal ei phen dros y sinc. Dyma'r cip cyntaf i mi ei gael ar Rhydian ers iddyn nhw ddod yn ôl o'u gwyliau. Mae wythnos dda ers hynny, a dydi o byth wedi trefnu i 'ngweld i. A dyna hi. Bethan. Yn osgeiddig a thal a deniadol ac yn lliw haul i gyd.

Dwi'n teimlo'n sâl, yn benysgafn wrth eu gwylio nhw hefo'i gilydd. Mae hi'n chwerthin ac yn troi ato a'i gwallt yn nofio tu ôl iddi, ac mae yntau a'i law am ei chanol main wrth iddo agor drws y car iddi. Mae hi'n eistedd ynddo fel ffilm star, ei phen-ôl ar y sedd yn gyntaf a'r coesau hir yn eu bŵts du i'w chanlyn. Dyna'r argraff mae hi'n ei gadael ar ei hôl – gwallt hir, coesau hir a dillad drud. Does fiw i mi feddwl amdani mewn bicini ar draeth gwyn neu mi fydd yn rhaid i mi agor drws y car i chwydu.

Dyna fy nrwg i erioed. Methu gadael llonydd i bethau. Fy arteithio fy hun. Rŵan dwi'n berwi o genfigen a does gen i neb i'w beio ond fi fy hun. Dwi'n cychwyn y car, rhoi fy nhroed i lawr yn rhy sydyn a bagio i'r wal tu ôl i mi. Shit. Dwi'n fy nghasáu fy hun mor rhwydd am fynnu gwneud hyn, felly pam na alla i gasáu Rhydian? Ond wedyn, nid ei fai o ydi o, naci? Ddywedodd o erioed fod ganddo wraig blaen. Fi ddaru gymryd yn fy mhen mai rhyw lygoden ddisylw oedd hi.

Mae gen i ofn dweud wrth Eifs am hyn i gyd. Dwi'n gwybod yn iawn be ddudith o. Ond mae'n rhaid i mi ddweud wrth rywun. Mae rhywbeth yn dal ar fy anadl i ac mae un o'r hunllefau dwi'n eu cael yn y nos yn fy mygwth rŵan hyn a hithau'n gefn dydd golau a finnau'n effro. Dwi'n gweld tonnau o haul a dŵr llyn yn gymysg ac yn cau amdana i a dwi'n mygu, angen awyr iach, angen anadlu, methu agor y ffenest, methu agor y drws . . .

'Gwen?'

Ac yn sydyn mae yna ruthr o awyr iach yn chwalu drosta i, yn llenwi fy ysgyfaint yn boenus a dwi'n llyncu'n herciog, ddiolchgar. Mae rhywun wedi agor drws y car ac yn penlinio wrth fy ochr.

Bet.

Dwi'n sylwi ar y car bach glas yn bagio 'nôl ac yn hitio'r wal. Mae yna fwy o glec na'r disgwyl. Pan ddaw'r ferch allan o'r car dwi'n sylweddoli fy mod i'n ei hadnabod. Gwenllian. Mae hi'n eistedd yn ei hôl yn sedd y gyrrwr ar ôl edrych ar y difrod ac yn rhoi ei phen yn ei dwylo. Mae'r peth wedi digwydd mor sydyn. Mynd i mewn i fy nghar fy hun oeddwn i. Rŵan dwi'n dal i sefyll tu allan iddo a'r bagiau neges o gwmpas fy nhraed. Dwi'n eu gadael ar y llawr ac yn rhedeg draw ati. Er fy mod i'n sefyll yna'n curo ar wydr y ffenest dydi hi ddim yn sylwi arna i am sbel. Felly dwi'n agor y drws. Hyd yn oed wedyn dydi hi ddim yn sylweddoli'n syth fod yna neb wrth ei hochr. Mae hi'n crio'n uchel fel plentyn bach, igiadau swnllyd poenus fel pe bai'r byd ar ben.

'Gwen?'

Mae sŵn fy llais i'n ei llonyddu mwya sydyn, yn ei dychryn bron. Rhwyga'i dwylo oddi ar ei hwyneb a chodi'i phen i edrych arna i. Mae'i bochau hi'n rhwydwaith o olion dagrau. Wedi cael benthyg y car mae hi, efallai? Ai dyna pam mae hi wedi cynhyrfu cymaint? Dwi'n rhoi fy llaw ar ei braich ac mae rhyw ias yn mynd drwyddi, rhyw sioc sydyn fel pe bai fy nghyffyrddiad i wedi'i llosgi.

'Mi welais i be ddigwyddodd. Dwi'n siŵr na fydd o ddim cyn waethed â hynny pan fyddwch chi wedi sbio arno fo'n iawn.'

Mae'n cymryd rhai eiliadau iddi ddod ati ei hun a sylweddoli pwy ydw i. Dydi ei geiriau cyntaf hi ddim yn gwneud unrhyw synnwyr.

'Mae hi'n ddel.'

'Be?'

'Ac yn denau.' Dywed hyn gyda pheth angerdd.

'Pwy, Gwen? Pwy sy'n ddel ac yn denau?'

Am ryw reswm anesboniadwy mae'n ymddangos mai'r difrod i'r car yw'r peth olaf ar ei meddwl. Dwi'n craffu arni. Go brin fod cnoc fel hyn wedi rhoi cymaint o sioc iddi fel na fedar hi siarad yn synhwyrol. O'r hyn welais i, doedd dim modd iddi fod wedi cael ei hanafu mewn unrhyw ffordd. Does yna ddim gyrrwr gorffwyll mewn car arall yn hefru arni am filiau insiwrans ac yn galw am yr heddlu chwaith. Rhyngddi hi a'r wal mae'r cyfan, hyd y gwela i. Mae hi'n crio eto a phrin y medra i ddeall yr hyn mae hi'n ei ddweud.

'Dwi wedi gwneud cymaint o ffŵl ohonof fy hun.' Mae hi'n sniffian yn uchel a dwi'n chwilio yn fy mhoced am hances bapur iddi. 'Cymaint o lanast o bethau.'

'Ylwch, dydi o'n fawr o ddim byd, wir i chi. Roedd hi'n swnio'n dipyn o glec ond dim ond y bympar sydd wedi'i chael hi ...'

'Dach chi'n meddwl fod ots gen i am y blydi car?'

Mae'i hymateb hi mor annisgwyl nes 'mod i'n camu'n ôl ryw ychydig. Sylweddola hithau 'run mor sydyn ei bod hi wedi tarfu arna i.

'Bet, dwi mor sori. Sori sori sori.' Mae hi'n ailadrodd y gair megis un sibrydiad hir, desbret nes ei fod o'n diflannu, ac yn chwythu'i thrwyn yn swnllyd i'r tisiw blodeuog a roddais iddi.

'Be sy'n bod, Gwen fach?'

'Faint o amser sgynnoch chi?'

Mae hi'n rhoi gwên ddyfrllyd i mi. Jôc oedd honna i fod. Ymdrech i fod yn goeglyd. Ond rydan ni'n dwy'n gwybod mai gwneud i mi chwerthin yw'r peth olaf mae hi'n trio'i wneud.

'Mae gen i amser am banad o goffi.'

Dydw i'n adnabod fawr ddim arni heblaw mai hi sy'n

63

gofalu am Harri yng Ngwern Llwyn. Ac mae'i gofal hi'n garedig a thyner. Mae hynny ynddo'i hun wedi gwneud i mi ddod i'w hoffi hi'n fawr. Ond mae yna rywbeth arall amdani, rhywbeth bregus, anghenus na alla i mo'i ddiffinio, sy'n gwneud i mi fod isio gofalu amdani hithau. Ac mae hi'n ymateb yn union fel y dyfalais y byddai hi.

'Na, wir, mi fydda i'n iawn . . .'

Ymddiheurol. Swil bron. Difaru ei bod hi wedi dechrau dweud dim. Ond fedra i ddim gadael iddi fynd fel hyn. Hyd yn oed pe na bai ots gen i o gwbl amdani, sydd ddim yn wir, mae fy chwilfrydedd yn dechrau mynd yn ormod. Dwi'n ei pherswadio o'r diwedd i gloi'r car a'i adael am y tro. Dydi hi ddim hyd yn oed yn edrych ar y bympar a gafodd glec. Mae hi'n fy nilyn at fy nghar fel pe bai hi mewn breuddwyd. Dwi'n ei hatgoffa i gau'r gwregys amdani.

'Caffi'r Bont? Mae yna banad dda yn fanno bob amser.'

Mae hi'n nodio'i phen, yn trio gwenu i fy mhlesio oherwydd fy mod i'n gwneud cymaint o ymdrech i swnio'n galonnog.

Mae hi'n ddistaw yno, diolch byth. Dim ond synau llestri yn y cefndir a pheiriant coffi'n anadlu'n brysur fel cyw draig. Mae bwrdd crwn wrth y ffenest a dwy gadair isel. Rydan ni'n eistedd, yn tynnu'n cotiau, yn cymryd ein tro i chwarae hefo'r bowlen siwgwr.

Mae'r llifddorau'n agor.

'Roeddwn i'n ei chasáu hi hyd yn oed cyn i mi'i gweld hi. Rŵan dwi'n ei chasáu'n fwy: ei chorff hi, ei dillad drud, ffasiynol hi, y ffaith ei bod hi'n dal ac yn drawiadol.'

'Rwyt tithau'n drawiadol hefyd, Gwen.'

Mae'r 'chi' yn mynd yn 'ti' heb i mi feddwl. Dwi'n edrych arni ac yn gweld Elliw. Daw'r cnonyn bach 'na o hiraeth yn ei ôl i gnoi bob tro dwi'n meddwl am fy unig ferch. A dwi'n meddwl amdani o hyd. Ar adegau fel hyn. Ar adegau pan glywaf blant yn chwerthin yn y stryd. Hiraeth ac euogrwydd. Erbyn hyn mae Elliw ym mhen arall y byd ac mae'i phlant hi, fy wyrion bach i, yn ddieithriaid sy'n rhy swil i ddod at y ffôn. Dwi'n trio anwybyddu'r tro bach cyfarwydd hwnnw yn fy stumog, yn fy ngorfodi fy hun i ganolbwyntio ar Gwen. Mae'r 'ti' wedi'i thynnu hi'n nes. Mentra wên arna i. Dydw i'n dal ddim nes at wybod pwy ydi'r ferch 'drawiadol' 'ma sydd wedi tarfu cymaint arni.

'Ma' gynnoch chi ferch, yn does, Bet?'

Mae'i chwestiwn hi mor annisgwyl a digymell, ac eto mor agos at yr hyn sydd newydd fod ar fy meddwl nes ei fod bron â fy mwrw i'n llwyr.

'Sut gwyddost ti?' Soniais i erioed wrthi.

'Eich clywed chi'n sôn amdani wrth Harri.'

Dwi'n dweud cymaint o bethau wrth Harri. Hel cymaint o feddyliau'n uchel. Dyna sut mae gwneud sgwrs unochrog mor rhwydd, am wn i. Ac yna mae'r peth yn fy nharo i. Faint o bethau eraill glywodd hi, faint o gyfrinachau, wrth iddi ddod yn ôl ac ymlaen a minnau'n mwydro, yn rhy brysur yn trio tynnu Harri yn ei ôl i sylwi arni? Efallai iddi sylwi ar y braw sydyn yn fy llygaid i. Mae hi'n siarad yn gyflym.

'Plis, peidiwch â meddwl fy mod i'n gwrando ar eich sgwrs breifat chi. Wnes i erioed mo hynny, wir. Dim ond y tro hwnnw pan ddes i i mewn hefo'r dŵr ffres i'r blodau. Roeddech chi'n sôn am rywun o'r enw Elliw. Rhoi dau a dau at ei gilydd wnes i, dyfalu. Dyna i gyd.'

'Wel, mi wnest ti ddyfalu'n gywir. Mae hi ychydig hŷn na ti.'

'Ydi hi'n byw'n agos?'

'Awstralia.'

'Awtsh!'

Mae'i hymateb i'r ffaith ei bod hi'n ofni iddi roi ei throed ynddi mor nodweddiadol ohoni nes gwneud i mi chwerthin.

'Doeddet ti ddim i wybod.' Ac mae hynny'n rhyddhad i minnau, yn cadarnhau ei bod hi'n dweud y gwir gynnau, ac na wnaeth hi glywed fy sgwrs i gyd gyda Harri'r diwrnod hwnnw neu mi fyddai hi'n ymwybodol o'r peth. 'Ac ydi, Gwen, mae o'n brifo ei bod hi wedi dewis mynd cyn belled. Ond dyna fo, ei dewis hi oedd o.'

'Ffraeo ddaru chi?'

'Naci. Wel, nid yn hollol. Hi ddewisodd ymbellhau. Doedden ni ddim yn gweld pethau yn yr un ffordd: Elliw'n ddu a gwyn a finnau'n fwy o niwl llwyd. Mae hi'n berson reit gryf, dim troi arni. Drwg bod felly ydi ei bod hi'n anodd iawn cyfaddef pan wyt ti'n anghywir. Mae dweud "sori" wastad wedi bod yn anodd i Elliw. Fy mai i oedd hynny hefyd, efallai. Maddau popeth iddi.'

Oherwydd fy euogrwydd. Yr holl gelwydd golau a ddywedais wrthi er mwyn cuddio'r ffaith fy mod i'n cael perthynas hefo dyn priod. A phan ffeindiodd hi allan, yn y diwedd, doedd yna ddim trugaredd.

'Ti'n ddynes ddrwg, Mam. Rydach chi'ch dau'n bobol ddrwg. Cyn waethed â'ch gilydd bob tamaid! Meddwl am neb heblaw chi eich hunain.'

Doedd hynny ddim yn wir. Ond doeddwn i ddim haws â dadlau bryd hynny. Ddim haws â thrio f'amddiffyn fy hun. Daeth cynhebrwng Dei i fy meddwl, yn llun niwlog du a gwyn fel golygfa ar hen dâp fideo herciog. Yr olwg yn llygaid Elliw wrth iddi sylwi na allai'i mam grio yn angladd ei thad.

'Bet?'

Mae llais Gwen yn dod â fi'n ôl. Mae'r presennol yn gysurus, yn gynnes, yn llawn synau cwpanau a lleisiau a

66

choffi'n ffrwtian. Yn cau ddoe allan, am y tro.

'Ogla da ar y coffi 'ma. Be am deisen fach hefyd, Gwen? Fy nhrît i.'

Oherwydd dyna pam rydan ni yma. I siarad amdani hi. A dwi'n falch o gael canolbwyntio ar hynny.

'Na, wir . . .'

Ond dwi'n mynnu ei sbwylio hi. Er ei bod hi'n gwenu'n werthfawrogol pan ddaw'r gacen siocled, rhyw bigo wrth ei phen hi fel deryn bach mae hi. Dwi ddim yn gofyn dim byd iddi. Ymhen hir a hwyr a lot o bigo ac edrych i ddyfnderoedd y gwpan goffi anferthol dywed yn sydyn, fel pe bai'n cael hyd i'w llais ynddi:

'Y peth ydi, Bet, dwi'n cael affêr hefo dyn priod. Roeddwn i'n gallu handlo pethau'n iawn ar y dechrau, ond erbyn hyn . . .'

Diflanna'i llais yn ôl i'r gwpan. Rŵan fy nhro i ydi hi.

'Erbyn hyn, mae yna hen deimlad gwag tu mewn i ti pan fydd o'n gadael ac yn mynd yn ôl at ei fywyd ei hun. Rwyt tithau'n mynd yn ôl at dy fywyd dy hun, y pethau bob dydd, y prysurdeb. Mae gen ti ddigon i'w wneud, ffrindiau i'w gweld. Mi ddylet fod yn ddigon prysur i beidio meddwl amdano drwy'r amser ond nid felly mae hi'n gweithio. Mae o yna, waeth be rwyt ti'n ei wneud na lle bynnag rwyt ti. Mae o yna, ochr yn ochr â phopeth arall sydd yn dy feddwl di. Mae'r meddyliau eraill yn newid ac yn mynd, ond mae o'n aros. Mae cant a mil o feddyliau eraill yn dy ben di ond does yna 'run ohonyn nhw'n gallu'i ddileu o.' Dyna dy benyd di. Ond dwi'n gadael hynny heb ei ddweud.

Edrycha hithau arna i'n ddiolchgar. Dywed yr olwg yn ei llygaid: 'Mi wyddwn y basech chi'n deall.' Mi ddylai pawb a fu mewn cariad erioed ddeall hynny. Does yna ddim prinder o bobol sy'n mopio'u pennau fel'na am rywun. Dim ond bod y mwyafrif llethol o'r rheiny hefyd yn bobol

67

egwyddorol a rhesymegol ac onest a chyfiawn. Maen nhw'n gwybod sut i ymddwyn a sut i fod yn ffyddlon. Maen nhw'n dweud y gwir bob amser. Mae'r gweddill brith ohonom yn eneidiau clwyfus sy'n haeddu dim gwell na gwneud y gorau ohoni ar brydau parod i un a llond sach o gyfrinachau i'w cadw'n gynnes yn y nos.

'Dwi wedi trio cerdded oddi wrtho fo. Fwy nag unwaith.'

'Gwen, does dim rhaid i ti gyfiawnhau pethau i mi.'

'Dwi'n gwybod, ond . . .'

Fedar hi ddim gorffen ei brawddegau.

'Gwen, fedran ni ddim dewis hefo pwy rydan ni'n syrthio mewn cariad.'

Dwi'n trio codi'i chalon hi ond dydw i ddim yn cael llawer o hwyl ar bethau hyd yn hyn. Mae hi'n sychu deigryn hefo ymyl ei bawd. Yn ysgwyd cudyn o wallt o'i hwyneb. Yn ei pharatoi'i hun.

'Heddiw oedd y tro cynta i mi weld ei wraig o. Wel, gweld y ddau ohonyn nhw hefo'i gilydd. Hi a Rhyds. Rhydian. Roedden nhw'n edrych mor – wel, mor "iawn", mor naturiol. Hapus, hyd yn oed. Doeddwn i ddim yn disgwyl iddo fod mor hapus yn ei chwmni hi. Ac roeddwn i wedi gobeithio y basai hi'n uffar hyll!'

Mae hi'n boenus o onest, ac yn ynganu'r frawddeg olaf hefo'r fath arddeliad nes peri i mi wenu er gwaetha'r sefyllfa.

'O, sori, Gwen, ond roeddet ti'n swnio mor . . .'

'. . . gas?'

Mae hithau'n llwyddo i wenu ac mae rhyw fflach sydyn o ddireidi'n pefrio ar hyd ei gwefus. Am eiliad fer mae hi'n caniatáu iddi ei hun gael hoe oddi wrth yr holl angst 'ma sy'n ei meddiannu. Gwreichion sydd yn ei llygaid hi am unwaith, nid dagrau. Maen nhw'n deffro'i hwyneb hi.

Dwi'n gweld yn sydyn pam y byddai Rhydian, unrhyw ddyn, yn syrthio amdani. Mae yna rywbeth arall ynddi heblaw ei phrydferthwch. Rhyw ddawn anniffiniol i swyno, i ddenu, i ddal llygad. I ddifyrru. Mae hi'n ddoniol heb wybod ei bod hi, yn rhaffu gwirebau heb sylweddoli hynny, heb wybod pa mor doeth mae hi'n ymddangos weithiau. Mae hi'n f'atgoffa o ryw hen gi mawr ffyrnig yr olwg a fyddai'n dynn wrth sodlau fy nhaid ers talwm. Rhyw fath o fastiff. Er ei faint anhygoel a'i wep anghyfeillgar roedd o'n ymddangos yn greadur digon addfwyn o ran ei natur. Beth bynnag oedd ei frid, roedd o'n un go ddiarth mewn adeg pan nad oedd unrhyw fath o gi i'w weld ar hyd y lle ar wahân i gi defaid a chorgi ac ambell fwngrel.

'Ci ciperiaid ydi o, sti, Bet. Un da i ddal potsiars ar hyd lannau afonydd ac ati. Asgwrn gên fel llew ganddo. Unwaith mae o'n gafael, wneith o ddim gollwng.'

Dwi'n cofio gofyn pa mor beryglus oedd o a 'nhaid yn ateb yn ei ffordd bwyllog, arferol:

'Wel, mi fasa fo'n gallu bod yn un peryg ar y diân pe bai o'n ymwybodol o'i nerth ei hun, wel'di.'

Dyna sy'n croesi fy meddwl wrth syllu ar draws y bwrdd ar Gwenllian. Mae hi mor ddibris ohoni ei hun fel nad ydi hithau ddim yn ymwybodol o'i phŵer chwaith. O'i gallu. O'r harddwch cynhenid 'ma sy'n llawer dyfnach na'r hyn sydd ar yr wyneb. Mae hi'n haeddu gwell na'r Rhydian 'ma ond nid dyna fydd hi isio'i glywed gen i. Mae'n debyg ei bod hi'n gwybod hynny ei hun yn ddwfn yn ei chalon. Dydi hi jyst ddim yn barod i gydnabod hynny eto.

'Ei di'n ôl ato fo os bydd o'n cysylltu eto?'

'O, mi fydd yn siŵr o gysylltu.'

Dydi hi ddim yn ateb fy nghwestiwn i. Haws na chyfaddef ei gwendid. A phwy ydw i i bregethu, p'run bynnag? Pa hawl sydd gen i i ddweud wrthi sut dylai hi ymddwyn?

'Dwi'n siŵr na fyddai Harri byth wedi'ch trin chi fel hyn.' Yna, fel pe bai hi'n difaru ei hyfdra mae hi'n ychwanegu'n frysiog: 'Nid fod hynny'n fusnes o gwbl i mi. Dim ond meddwl yn uchel oeddwn i . . .'

'Mae sefyllfa pawb yn wahanol, Gwen.'

Ond ydw i'n golygu hynny mewn gwirionedd? Pa mor wahanol ydan ni, tybed, fi a Gwen? Dwi wastad wedi fy argyhoeddi fy hun mai cariad go iawn oedd rhwng Harri a fi. Ond pe bai o wir yn fy ngharu i, oni fyddai o wedi gadael Beryl ymhen hir a hwyr er mwyn bod hefo fi er gwaetha'r chwalfa fyddai hynny wedi'i hachosi? Oherwydd dyna'r gair a ddefnyddiai Harri bob tro – chwalfa. Os oedd o mor anhapus â hynny hefo Beryl, sut oedd o'n gallu aros hefo hi? Ydw i wir wedi bod yn twyllo fy hun yr holl flynyddoedd yma? Hyd yn oed pan fu farw Beryl chafon ni ddim bod hefo'n gilydd. Roedd hi'n rhy hwyr. Fel mae hi'n rhy hwyr i mi ddechrau fy arteithio fy hun am y peth bellach.

'Dwi'n mynd i drio bod yn gryfach y tro yma, Bet.'

Fedra i gynnig dim byd iddi ond gwên, panad, darn o deisen, clust i wrando. Dydi'r atebion ddim gen i. Dwi'n gwasgu'i llaw hi. Dangos fy mod i yma iddi. Trio peidio meddwl am Elliw a fi.

Mi wnes i addo i mi fy hun y baswn i'n aros yn gryf. Dwi'n anwybyddu'i alwadau o ers ddoe. Yn gwrthod ateb y tecsts. A rŵan dwi'n difaru bod mor bengaled. Mae'r ffôn yn ddistaw ers oriau. Dwi wedi gwneud cawl o bethau go iawn y tro yma. Mae meddwl na wela i byth mo Rhydian eto yn gwneud i mi gyrlio i fyny ar y soffa'n belen fach dynn. Dwi'n fy ngwasgu fy hun yn fach, fach er mwyn i mi ddiflannu, yn brathu fy ngwefus er mwyn teimlo poen hynny yn hytrach na'r cnoi di-baid sy'n clymu fy stumog i. Ac mae'i enw fo yn fy mhen i fel tiwn gron. Rhydianrhydianrhydianrhydian. Ffonia fi, plis plis plis. Mi fydda i'n gallach ac yn gleniach ac yn well, dwi'n addo.

Fi oedd yn wirion, yn meddwl y byddai trio cael golwg ar Bethan yn syniad da. Dwi'n ymddwyn fel hogan ysgol. Roedd hi'n amlwg mai ei phigo hi i fyny o'r gwaith roedd Rhyds. Rhywbeth yn bod ar ei char hi, mae'n debyg. Ac mae o mor brysur: doedd o jyst ddim wedi cael amser i gysylltu, nag oedd? Mae mwy o straen arno fo nag ydw i'n sylweddoli, yn gorfod actio fod popeth yn iawn rhyngddyn nhw er mwyn y plant. Mae hi'n haws arna i, dydi? Wrth gwrs ei bod hi. Dwi'n annibynnol, yn cael mynd a dod fel dwi'n dymuno. Mae Rhydian wastad yn f'atgoffa i o hynny.

'Dwyt ti ddim yn sylweddoli pa mor anodd ydi hi i mi, Gwen. Trio jyglo popeth. Plesio Bethan, sortio pethau'r plant, gwersi nofio, gwersi telyn, stwff ysgol. Dwi'n gwneud fy ngorau. Paid â rhoi'r preshyr arna i, bêbs. Mae'r straen yn uffernol, sti.'

Dydi o ddim yn sôn am bwysau a straen pan fydd o yma yn fy ngwely i chwaith. Pan fydd o'n ffonio ac yn tecsio ac yn perswadio. Dwi'n gwrthod meddwl am hynny fel dwi'n gwrthod meddwl am Eifs yn dweud yn garedig:

'Pa bryd wyt ti'n mynd i gallio, Gwen? Fyddi di byth yn flaenoriaeth ganddo fo.'

Rŵan hyn does dim ots gen i ydw i'n flaenoriaeth ai peidio. Does dim ots gen i pa mor drawiadol a ffasiynol a ffycin perffaith ydi Bethan yn ei bicini seis wyth. Dwi jyst isio Rhydian. Isio dweud 'sori'. Isio i bethau fynd yn ôl fel roedden nhw cyn iddo fynd i ffwrdd. Cyn y gwyliau 'na a'r blydi lliw haul . . .

Cloch y drws. O God. O shit. Dwi'n edrych fel drychiolaeth. Hen byjamas, dim colur. O na, o na, o na. Cloch eto. Canu'n hirach. Clochclochcloch. Tynnu llaw drwy fy ngwallt, dros fy wyneb. Dim amser. Godshitcloch. Dim dihangfa. Dim dewis. Ateb o, y gloman wirion, cyn iddo fo golli mynadd a mynd.

'O. Chdi sy 'na.'

'Grêt. Mi ges i well croeso gan Taid Morfa ers talwm dridia ar ôl iddo fo farw.'

'Sori, Eifs. Tyrd i mewn.'

'Mond os ga' i adael fy nghôt amdana. Croeso mor oeraidd â hynna ac mi fydda i angan potal ddŵr poeth ar fy nglin hefyd.'

'Dwi'n llanast, Ei.'

'Felly dwi'n gweld. Mei nabs yn dy droi di rownd ei fys bach eto, ia?'

'Mêt dwi isio, Eifs, nid jyj an jiwri.'

Mae o'n dal ei ddwylo yn yr awyr fel arwydd o heddwch. Yn tynnu stumia. Gwneud i mi wenu er gwaetha popeth.

'Mae swch fy nharian ar i fyny, Gwen.'

'Be? Paid â meddwl bod siarad yn fudur yn mynd i godi 'nghalon i. Dwi'm yn y mŵd.'

'Iesu, paid titha â bod mor thic. Ti'm yn cofio Meri Welsh yn deud stori Branwen wrthan ni? Y Gwyddelod yn

72

dod i'r tir a'u tarianau ben ucha'n isa? Arwydd eu bod nhw'n dod mewn heddwch. Dyna oeddan nhw'n galw gwaelod y darian, yli. Swch.'

'I be ddiawl dwi angan cofio be ydi swch?'

'Ti'n iawn, Gwen. Ti'n debycach i hwch.'

Dwi'n anelu clustog tuag at ochr ei ben o, a methu. Mae o'n fy nhynnu i lawr wrth ei ochr ar y soffa ac yn rhoi cwtsh i mi. Eifion annwyl, ddoniol, ffyddlon. Pam fod rhaid iddo fo, o bawb, fod yn hoyw? Mi fasai fy mywyd i'n berffaith pe cawn i fod mewn cariad hefo rhywun 'run fath â fo.

'Petha wedi bod yn anodd yn ddiweddar, Ei.'

'Dim byd yn newydd felly. Dyna pam na ddoist i i mewn i'r gwaith ddoe?'

'Fedrwn i ddim wynebu pobol.'

'O, Gwen.'

Gall hynny olygu unrhyw beth. O, Gwen, dwi'n poeni amdanat ti. O, Gwen, ti'n uffar wirion. Mewn gwirionedd, dydi Eifs ddim yn gwybod be ddiawl i'w ddweud nesaf. Mae rhyw ddistawrwydd od yn disgyn rhyngon ni. Am y tro cyntaf erioed dwi ddim yn gallu canolbwyntio ar fy ffrind gorau. Dwi'n gwmni sâl achos fedra i ddim meddwl am ddim byd ond fy ffôn. Mae hynny mor amlwg. Dwi'n edrych arno fo bob munud. Ymhen rhai munudau mae Eifion yn codi.

'Dwi ddim am aros, Gwen.'

'Pam? Mi agora i botel o win.' Ond dydi fy nghalon i ddim yn y cynnig ac mae o'n gwybod hynny.

'Dwi'n siŵr y basai'n well gen ti gael llonydd i tsiecio dy decsts.'

Dwi'n siŵr fod yna dinc o chwerwedd yn ei lais o ond dwi ar bigau'r drain, yn rhy llawn o 'ngofid fy hun i falio. Dwi ddim hyd yn oed yn codi i'w ddanfon o at y drws oherwydd, ar y gair, mae'r ffôn yn dirgrynu yn fy llaw.

'Gwen, plis coda'r ffôn.'

Ymhen eiliadau mae o'n canu. Dwi'n ateb ar y caniad cyntaf, bron. Yn tywallt fy nghalon i'r teclyn yn fy llaw. Ac ymhen eiliadau mae popeth yn iawn. Mae o'n deall, yn cysuro, sŵn ei lais o'n chwalu'r amheuon i gyd. Sut bues i mor wirion? Mor afresymol? Rhy fyrbwyll ydw i, yn neidio i'r casgliad anghywir o hyd. Mae Rhydian yn iawn. Dwi'n meddwl gormod am bethau. Felly dwi wedi bod erioed. Gormod o ddychymyg. Mae o'n gwneud i mi weld popeth yn gliriach. Ac yn deall. Deall yn iawn sut gallwn i wneud môr a mynydd allan o ddim byd. Cwbl naturiol. Mae o'n mynnu talu am drwsio bympar y car. Dwi ddim i boeni am ddim byd, medda fo. Mae o'n dod draw bore fory erbyn saith cyn i mi fynd i'r gwaith.

'Mi gawn ni awran fach hefo'n gilydd. Dwi'n gwybod nad ydi o'n ddim llawer a ninnau heb weld ein gilydd ers sbel, ond drefna i rywbeth arall yn fuan. Bore cyfan. Brecwast yn y gwely. Y wyrcs. Dy drin di fel brenhines. Dwi'n addo. Ti'n ocê hefo hynny, gorjys?'

Dwi'n dweud 'Ydw, dwi'n ocê hefo hynny'. Pa ddewis arall sydd gen i? Dwi wedi cael blas ar fod hebddo fo a fedra i ddim dygymod hefo hynny. Mae hyn yn well na dim. Mae dim yn dwll du diwaelod a dwi ddim am fentro disgyn i hwnnw eto, no we. Dwi'n gwybod y bydda i'n codi am chwech i olchi fy ngwallt a phincio fel pe bawn i'n mynd allan ar ddêt. Dwi'n gwybod y bydd yr amser yn hedfan ac y bydda i'n gorwedd yno eto'n ei wylio'n gwisgo ar frys a'i lygaid ar ei watsh, y bydda i a'r fflat yn wag ac yn dawel ac yn llonydd ar ôl iddo adael. Mi fydd yn anodd credu ei fod o wedi bod yma o gwbwl oni bai am y siocled a'r gwin fydd o wedi'u gadael ar y bwrdd. Wedyn mi fydda i'n edrych ar y cloc wrth ymyl y gwely, yn ailosod y larwm,

74

tynnu'r cwilt at fy ngên am chwarter awr fach arall a rhoi fy mhen yn y pant ar y gobennydd lle bu Rhydian yn gorwedd funudau ynghynt.

* * *

Dwi'n methu setlo, yn cyrraedd y gwaith yn gynnar, yn synnu gweld bod gwell hwyliau ar Harri heddiw. Mae o'n bwyta, yn gwylio tipyn o deledu, yn cynnal rhyw fath o sgwrs. Er gwaetha hyn i gyd, mae o'n edrych yn llwyd ac yn fregus, ac er mai eistedd yn ei gadair mae o mi fedra i weld pa mor grwm ydi'i ysgwyddau o. Plyga yn ei flaen a'i benelin ar fraich y gadair, yn dal ei ên hefo'i law fel pe bai ei ben o wedi mynd yn rhy drwm. Dwi'n dod â'r banad ddeg iddo, bisgeden blaen yn y soser fel mae o'n ei lecio. Gydag ymdrech mae o'n codi'i ben.

'Y dywysoges Gwenllian.' Mae'i lais o'n gryfach nag arfer, yn ymylu ar fod yn gellweirus.

'Argian, Harri. Does neb erioed wedi fy ngalw i'n dywysoges.'

'Roeddwn i'n nabod tywysoges ers talwm.'

'O? Pa un oedd honno felly?'

'Elisabeth.'

Dwi'n dal ei lygaid o, yn barod i gydfynd ag unrhyw stori fel arfer nes iddo ddweud rhywbeth sy'n gwneud i mi fferru yn fy unfan.

'Ond Bet oedd hi i mi.'

O Dduw Mawr, mae o'n cofio! Dwi'n fy nheimlo fy hun yn crynu, yn cyffroi, yn mynnu iddo ddal ei afael yn yr atgof nes daw hi.

'Dwi'n meddwl y bydd hi'n dod i edrych amdanoch chi pnawn 'ma. Mi ddaw hi yma i gael te hefo chi.'

Mae o'n chwerthin yn sydyn, ac yn ysgwyd ei ben.

'Na, 'mechan i. Mi aeth a 'ngadael i flynyddoedd yn ôl.'

Dwi'n sefyll yno'n pendroni. Fydda i rywfaint haws ag anghytuno hefo fo, ei gywiro fo? Na fyddaf ydi'r ateb. Fedra i ddim mentro'i styrbio fo ac yntau mor fregus. Mae o'n chwilio'n ffwdanus am rywbeth ym mhoced ei siaced, y siaced frethyn mae o'n mynnu ei gwisgo o hyd er bod y lle wastad yn annioddefol o gynnes. O'r diwedd caiff afael ar ddarn o bapur wedi'i blygu'n ofalus. Papur glas.

'Dyma fo, ylwch. Tystiolaeth.' Mae o'n swnio'n fuddugoliaethus ac yn siomedig yr un pryd, ei lais o'n codi ac yn diflannu wrth iddo sylweddoli beth yw cynnwys yr hyn sy'n amlwg yn rhyw fath o lythyr. 'Sbiwch, Miss Gwenllian. I chi gael gweld fy mod i'n dweud y gwir!'

Dwi'n cymryd y papur o'i law ac yn ei agor allan ond arno fo dwi'n edrych. Mae ei lygaid o'n gymylau glaw.

'Hwnna roddodd hi i mi cyn iddi fynd. Mi gafodd gam gen i, dach chi'n gweld. Arna i roedd y bai. Gormod o gachwr i wynebu'r gwir. Ac mi aeth hi. Yr unig hogan i mi ei charu go iawn erioed.'

Dwi'n llithro dros ambell air, yn sylwi ar enw Bet ar y diwedd, ond fedra i mo 'ngorfodi fy hun i ddarllen y llythyr. Mae o'n rhy breifat, yn rhy agos ata i oherwydd fy nghyfeillgarwch hefo Bet. Mi fyddai darllen y llythyr hwn cyn waethed ag edrych drwy dwll clo arnyn nhw'n caru. Dwi'n ei ailblygu ac yn ei roi'n ôl yn dyner ym mhoced ei gôt.

'Mae'r banad 'ma'n oeri, Harri.'

Ond mae o ar goll yn rhywle eto, yn syllu i'r gwagle fel pe bai o'n gwylio'r olygfa ddifyrraf yn y byd.

Mae o'n dal i fod yn ei fyd bach ei hun pan ddaw Bet. Dwi wedi bod ar bigau'r drain isio dweud wrthi am yr hyn ddywedodd Harri ond mae hi'n anos nag a feddyliais. Dwi'n sylweddoli'n sydyn pa mor boenus iddi ydi clywed am y llythyr caru.

'Dwi'n gwybod amdano fo. Mi ddisgynnodd o'i boced o unwaith. Dwi ddim yn siŵr erbyn hyn faint o gysur ydi o i mi ei fod o wedi cadw rhywbeth mor drist.'

'Y peth ola sgwennoch chi ato fo.'

'Wel, na, dydi hynny ddim yn hollol wir, chwaith.'

'Be ydach chi'n ei feddwl?'

Mae hi'n eistedd ar erchwyn gwely Harri, rhywbeth anghyffredin iddi hi. Fel arfer mae hi'n bropor iawn, yn estyn cadair.

'Rhyw dridiau ar ôl i ni benderfynu gorffen pethau mi ddaru ni gyfarfod wedyn, dim ond i ffarwelio'n iawn am y tro olaf. I fod.' Mae hi'n gwenu'n gam. 'Dyna pryd y rhoddais i'r llythyr yna iddo fo.'

'Ond nid dyna'r tro olaf? Dyna ddywedodd o.'

'Bechod mai dyna'r tro mae o'n ei gofio, dyna i gyd. Mi oedd o'n ffarwél mewn ffordd. Wel, am flynyddoedd, a dweud y gwir. Pan drawon ni ar ein gilydd wedyn, roeddwn i'n dynn ar fy hanner cant oed, yn rhy hen i gyboli hefo neb. Neu dyna feddyliwn i. Ond roedd y sbarc yn dal yno rhyngon ni, Gwen. Yr un hen deimladau'n dal i fudlosgi.'

'Mi ddaethoch chi'n ôl at eich gilydd?'

'Do. Anodd credu'r peth, dwi'n gwybod.'

Mae hi'n edrych braidd yn swil wrth gyfaddef hyn.

'Roeddech chi i fod hefo'ch gilydd, Bet.'

'Efallai. Ond nid felly y digwyddodd pethau.'

'Chi roedd o'n ei charu.'

'Dwi'n lecio meddwl hynny, ond ...'

'Mi ddywedodd o hynny wrtha i heddiw, Bet.'

Dwi wedi bod yn disgwyl fy nghyfle i godi'i chalon hi. I gadarnhau popeth mae hi wedi bod yn ei obeithio amdano. Ond wrth i'r geiriau'n disgyn o 'ngheg i maen nhw fel petaen nhw'n ei tharo hi fel cawod o gerrig ac mae hi'n rhy hwyr i boeni ydw i wedi gwneud y peth iawn.

'Pryd?' Ochenaid, sibrydiad o air ydi o. Mae hi'n edrych arna i'n anghrediniol ac yna'n edrych ar Harri, sy'n boenus o bell oddi wrthi erbyn hyn. 'Sut wyt ti'n disgwyl i mi gredu hynny, Gwen? Os wyt ti'n trio bod yn garedig, yn dweud rhyw gelwydd golau dim ond i 'mhlesio i, wel, rwyt ti'n gwneud coblyn o gamgymeriad.'

Mae caledwch yn ei llais hi na chlywais i erioed mohono o'r blaen. Dwi'n gwybod ei bod hi'n anodd iddi gredu'r hyn dwi newydd ei ddweud wrthi ond mae o'n fy mrifo i'r byw ei bod hi'n meddwl y gallwn i fod mor greulon. A dwi'n teimlo'r dagrau'n cronni.

'Bet, sut fedrwch chi feddwl y fath beth?'

Ar ôl rhai munudau llethol mae hi'n cyffwrdd fy mraich i.

'Mae hi jyst mor anodd, Gwen.'

Dwi isio cynnig rhywbeth iddi, gwneud popeth yn iawn ond fedra i ddim. Harri sy'n torri'r garw hefo datganiad ysgubol sy'n glanio'n annisgwyl, ddiseremoni yng nghanol popeth fel gwylan flêr yn gollwng ei chrystyn:

'Dydyn nhw ddim wedi rhoi pryd iawn o fwyd i mi yn fama ers tair wythnos! Y cwbwl dwi wedi'i gael ers ddoe ydi nionyn wedi'i ferwi.'

Ambell waith mae modd chwerthin a chrio 'run pryd. Fel glaw a haul yn gymysg. Trwy'r cawodydd mae'r golau'n gliriach.

'Dwi yma i chitha hefyd, Bet.'

A dwi'n gwybod fy mod i'n golygu hynny o waelod calon. Am unwaith mae gofid rhywun arall yn pwyso'n drymach arna i na 'mhroblemau fy hun.

Mae'n dda nad ydan ni'n gwybod beth sydd o'n blaenau ni. Geiriau Mam ar ôl claddu fy mrawd. Roedd dŵr a haul yn gymysg bryd hynny hefyd. Dŵr llyn ac euogrwydd. Yr adeg honno roeddwn i'n euog o wneud dim byd, o beidio gweithredu. Roeddwn i'n ddiffaith, yn dda i ddim ac mi dalais i'r pris. Yn y dyddiau sydd i ddod mi fydda i'n ymddwyn yn wahanol. Yn cymryd cyfrifoldeb. Yn gwneud rhywbeth. Mi fydd yna angladd arall. Haul. Glaw.

A fydd fy mywyd i byth yr un fath.

RHAN II

Drychau

Plant ydyn nhw. Mae eu lleisiau'n glynu yn yr awyr fel gwybed. Gweiddi a chwerthin a herio. Yn eu llygaid mae'r haul, yn trywanu fel cyllyll bach aur, yn dod rhyngddyn nhw a'r dydd. Yn llachar a sydyn fel y pysgodyn sydd ganddyn nhw yn y rhwyd.

Gormod o ddisgleirdeb.

Ar y lan mae tonnau bach yn torri. Fel pe bai yna lanw. Tamaid o lyn yn esgus bod yn fôr. Hwn ydi'r lle bas ac mae hi wedi crwydro yma oddi wrth ei brawd bach. I gael llonydd, ymestyn ei choesau. I drio cael gwell golwg ar yr alarch.

'Gwen! Tyrd yma, mae hwn yn un trwm. Mae o'n tynnu gormod.'

Mae'r haul rhyngddyn nhw fel llen.

'Gwen!'

Mor hawdd yw anwybyddu'r swnian oherwydd bod ei llygaid yn swrth hefo'r haul, yn cau'n braf yn erbyn y golau gwyn. Does arni hi ddim isio symud. Mae sŵn y dŵr yn ei swyno, yn ei thwyllo fel sibrwd gwrachod. Ymhen ychydig mi fydd hi'n sylweddoli bod y gweiddi wedi peidio, fod popeth wedi peidio. Mi fydd y byd mae hi'n ei adnabod

80

wedi peidio â bod. Mi fydd y munudau'n mynd heibio. Munudau fel oriau. Yn dwyn a dinistrio. Mi fydd gormod o ddistawrwydd a hwnnw'n dechrau pwmpio yn ei chlustiau wrth iddi redeg. Fydd hi ddim yn gwybod beth i'w wneud. Ac mi fydd yr haul yn chwilboeth, fel llaw ar ei chefn, fel pe bai'n trio'i gwthio hithau i'r llyn hefyd.

Ei sgrech hi ydi'r sŵn sy'n rhwygo'r pnawn yn ddau, y sŵn diarth, diddiwedd nad yw'n peidio. Wedyn mi ddaw'r pysgotwr yn ei drowsus bob-tywydd ac mi fydd y brethyn llithrig liw'r llyn yn clecian yn wlyb fel côt law ar lein ddillad wrth iddo ruthro at ei ganol i'r dŵr. Mi fydd hi'n sefyll ar y cyrion a dŵr y llyn yn llenwi ei hesgidiau. Mae hi wastad wedi casáu gwlychu'i thraed a theimlo'r oerfel yn ei cherdded, yn groen gŵydd i gyd. Dyma fydd yn aros hefo hi am flynyddoedd i ddod, yn ei hoeri fel coflaid ysbryd, yn ymestyn tuag ati yn ei chwsg. Hyn a'r ffordd roedd y dyn yn y trowsus pysgota wedi'i hanwybyddu hi'n llwyr wrth iddo benlinio dros gorff y bachgen.

Fydd hi ddim wedi gweld wyneb ei brawd. Dim ond ei draed yn y trenyrs duon a'r dyn yn plygu drosto. Fydd hi ddim yn gwybod ei fod o wedi boddi. Mi fydd hi'n disgwyl i'r dyn gyflawni gwyrth a dweud wrthi fod popeth yn iawn ac mai'r peth gwaethaf ddigwyddith ydi ffrae ar ôl mynd adra am fod mor ddiofal a blêr yn disgyn i'r llyn a cholli'r wialen. Ac mi fydd hi'n cofio wedyn ei bod hi wedi teimlo'n euog am nad oedd neb yn rhoi sylw iddi hi. Roedd hithau wedi dychryn. Mewn sioc. Methu credu. Ond doedd neb yn poeni dim amdani hi. Wedi'r cyfan, dim ond plentyn oedd hithau.

Ond fydd neb yn sylwi arni hi am amser maith. Neb yn malio'i bod hi wedi gwlychu'i thraed. Nad yw hi'n bwyta, yn cysgu, yn siarad. Fydd neb yn meddwl am ddweud fawr ddim wrthi. Heblaw am ei mam. Un cwestiwn. Ei llygaid fel drychau mewn ystafell wag. Fydd dim byd ynddyn nhw, dim cyhuddiad hyd yn oed.

'Lle oeddat ti, 'ta, Gwen?'

Drych o gwestiwn ydi hwnnw hefyd ac mi fydd y ferch yn chwilio amdani ei hun ynddo am weddill ei hoes.

1

Gwthiodd Eifion ei ffôn yn ôl i'w boced. Doedd hi ddim yn ateb ei decsts o. Erbyn hyn roedd hi'n wythnos dda ers pan gafodd hi ei bygwth â'r sac, ond doedd o ddim wedi'i gweld hi nac wedi clywed dim ganddi. Bu draw yn y fflat ond doedd hi ddim yn ateb y drws. Yn fwy na hynny doedd hi ddim yn ymddangos fel pe bai hi yno o gwbl. Dim golau, dim sŵn byw. Dim byd. Roedd o'n deall ei hangen am lonydd yn well na neb, am ei chau ei hun oddi wrth y byd. Ond nid oddi wrtho fo, doedd bosib. A beth bynnag – ac roedd hynny'n fwy o boen arno nag roedd o'n fodlon cyfaddef – doedd gan Gwenllian unlle arall i fynd. Roedd ei pherthynas â'i mam yn fregus ar y gorau.

Roedd ganddo oriad sbâr. Gwrthododd feddwl am ei ddefnyddio. Tan rŵan. Tan rŵan roedd o wedi parchu'i phreifatrwydd hi. Byddai defnyddio'r goriad yn gyfystyr â thorri i mewn. Os oedd Gwen isio'i chau'i hun yn ei fflat roedd ganddi berffaith hawl. Meddyliodd sut byddai o ei hun yn teimlo mewn sefyllfa debyg. Fyddai arno ddim isio neb yn busnesa yn ei fywyd, ddim hyd yn oed Gwen. Wel, nid nes byddai o'n barod i'w hwynebu yn ei amser ei hun, beth bynnag.

Gwyddai Eifion pa mor bwysig oedd ffiniau, pa mor bwysig oedd parchu teimladau pobol. Os nad oedd o'n ddim arall, roedd o'n sensitif. Yn ormod felly, o bosib. Roedd hynny'n rhan o'i natur, yn rhan o'r hyn ydoedd. Doedd cyfaddef ar goedd ei fod o'n hoyw ddim wedi bod yn hawdd. Roedd wedi'i eni a'i fagu rownd y ffordd hyn. Nabod pawb. Pawb yn ei nabod yntau. Dyna oedd y peth anodd, efallai. Meddyliai'n aml sut byddai pethau wedi bod pe bai o wedi symud i ffwrdd i fyw. Dechrau eto yn rhywle diarth. Neb i falio digon amdano i siarad yn ei gefn.

Ond doedd ganddo mo'r gyts i wneud hynny. Na'r modd. Doedd ganddo ddim hyd yn oed cariad y gallai symud i fyw ato. Byw adra hefo'i fam oedd ei unig opsiwn. Byw drwy'i boen a thrio crafangu'i ffordd allan i'r ochr arall orau y gallai.

Roedd ei fam wedi derbyn rhywioldeb Eifion drwy geisio'i hargyhoeddi'i hun nad oedd ganddo unrhyw dueddiadau rhywiol o gwbl tuag at ddynion na merched. Mewn gair, roedd yn haws ganddi ei ystyried fel rhywun cwbl ddi-ryw. Ei mab hi oedd o. Dyna ddiwedd y stori. Fersiwn hŷn o'r bachgen bach eiddil hwnnw oedd yn hoffi bod hefo'i fam yn y tŷ yn hytrach na hel ei draed hefo'r hogia. Coginio yn lle chwarae yn y mŵd. Yr unig beth oedd wedi newid ers dyddiau plentyndod Eifion oedd ei fod bellach yn rhoi cyfran o'i gyflog ar fwrdd y gegin bob wythnos. Rhyw bethau prin a byr a chudd fu ei garwriaethau ac os oedd ei fam yn ymwybodol o'u bodolaeth doedd hi ddim yn cymryd arni. Felly roedd hi'n dygymod hefo'r sefyllfa ac felly roedden nhw'n byw.

Meddyliodd Eifion eto am Gwen, ei ffrind gorau ers iddyn nhw ddechrau yn yr ysgol gynradd. Roedd rhywbeth wedi'u tynnu at ei gilydd hyd yn oed yn bump oed. Rhyw linyn anweledig. Roedd y tynerwch ynddo fo a'r tân yn ei bol hithau yn gyfuniad perffaith. Roedd o'n addfwyn ac yn araf i ymateb. Roedd o hefyd yn ferchetaidd ac yn ofnus, yn darged i fwlio. Rebel oedd Gwen, yn casáu cydymffurfio. Roedd arni angen achos i'w amddiffyn drwy'r amser, rhywbeth i gwffio drosto. Ac Eifion oedd hwnnw. Bron nad oedd hithau'n mwynhau'r her, yn codi twrw dim ond er mwyn dangos ei bod hi'n gallu cicio a dyrnu cystal ag unrhyw fachgen. Cafodd Eifion lonydd gan fwlis yr ysgol yn fuan iawn.

Roedd eu cyfeillgarwch nhw'n gyfeillgarwch

anghyffredin ond yn un oedd yn gweithio. I bawb arall Gwenllian oedd yr un gref. Fo oedd yr unig un i sylweddoli mai ansicrwydd oedd yn peri iddi hithau fod fel roedd hi. Gwelodd hynny'r tro cyntaf iddi grio o'i flaen o. Fyddai hi ddim yn meiddio gwneud hynny o flaen neb arall. Sylweddolodd bryd hynny fod Gwen yr un mor fregus ag yntau, dim ond ei bod hi'n ei guddio fo'n well. Yn ddiweddar, roedd hi wedi gwneud lot o grio. Ochneidiodd yn fewnol wrth iddo gofio darnau o'u sgwrs olaf, darnau o'i bregeth hallt.

'Yr unig beth fedri di siarad amdano ydi Rhydian. Dyna'r cyfan ydw i i ti, Gwen. Rhywun y medri di arllwys dy ofidiau i gyd arno. Dw inna'n rhywun hefyd, sti. Wyt ti wedi meddwl gofyn unwaith sut mae pethau yn fy mywyd i'n ddiweddar? Naddo. Chdi a fo ydi pob dim. Fy nghanslo i a'n trefniadau ni ar amrantiad os ydi o'n digwydd bod yn rhydd am hanner awr i dy ffitio di i mewn i'w fywyd prysur a chditha'n rhy ddall i weld sut mae o'n dy drin di. Mae o'n dy frifo di dro ar ôl tro, Gwen. Dydi o'n dda i ddim i ti ond wnei di ddim gwrando. Ti'n hollol obsesd hefo boi sy'n difetha dy fywyd di. Dwi'n meddwl y byd ohonot ti, Gwen. Fi fydd yma'n pigo'r darnau pan fydd o wedi hen fynd. Dwi'n trio dy helpu di ond ti'n benderfynol fod Rhydian yn dy dynnu di i'r gwaelod. Dwi'n gwylltio hefo fo a hefo chditha am fod mor ddwl. Y peth ydi, Gwen, rwyt ti'n fy nhynnu innau i'r gwaelod hefo chdi. Dwi'm isio clywed ei enw fo gen ti eto!'

Roedd o'n cofio pa mor sych oedd ei geg o, pa mor fyr o wynt oedd o ar ôl dweud hynny i gyd. Aeth hi'n belen fach fregus o flaen ei lygaid, fel pe bai o wedi gwasgu pen rhosyn yn ei ddwrn. Yn yr eiliadau byrbwyll hynny, gyda'r geiriau hynny, roedd o wedi sathru arni. Rhwygodd cryndod reit drwyddi fel chwa egr o wynt drwy liain gwlyb.

'Dwi mor sori, Eifs.'

Cododd yntau i fynd. Roedd ei gywilydd wedi'i daro'n fud ac roedd yr awyr yn y fflat fechan yn llonydd. Yn stêl. Roedd angen agor ffenast. Teimlai'r ystafell fyw fel cell. Llifai'r euogrwydd drosto ond fedrai o ddim edrych arni, ddim dadwneud y geiriau. Ac eto, roedden nhw'n wir, yn doedden? Cawsai yntau lond bol, llond bol ar weld dioddefaint rhywun roedd ganddo gymaint o feddwl ohoni. Roedd o'n edrych arni yn ei gwewyr, a hwnnw'n wewyr a ymddangosai fel pe bai o'n mynd i bara am byth. Ni fedrai yntau yn ei fyw â'i helpu i weld beth oedd mor drist o amlwg. Teimlai'n drist ei hun, yn annigonol am na allai ei helpu. Ac yn genfigennus hefyd, pe bai o'n onest. Doedd Gwen ddim yno iddo bellach. Roedd hi'n rhy brysur yn boddi yn ei phoen ei hun ac roedd o'n ei cholli.

Erbyn hyn roedd yr euogrwydd yn cnoi ymylon ei stumog fel effaith arhosol rhyw hen wenwyn bwyd. Sut fath o ffrind oedd o? Ers iddo'i dwrdio roedd bywyd Gwen wedi mynd o ddrwg i waeth. Roedd wedi gwneud rhyw lanast yn y gwaith a pheryglu'i job. Rhywbeth ynglŷn â'r hen foi hwnnw roedd hi'n gyfrifol amdano. Bu farw. Nid fod gan Gwen ddim oll i'w wneud hefo hynny. Ond roedd hi wedi torri rhyw reolau neu'i gilydd. Rhywbeth pwysig. Digon pwysig iddi orfod mynd o flaen ei gwell a'i diswyddo dros dro. Rhyw fath o siwgwr ar y bilsen oedd y 'dros dro' yn nhyb Eifion. Cael y sac go iawn fyddai diwedd y gân. Roedd blas chwerw yng ngheg Eifion wrth iddo feddwl am y peth. Pe bai o wedi bod yn fwy o gefn iddi, efallai na fyddai hi ddim wedi gwneud peth mor wirion. Beth bynnag oedd o, doedd hi ddim wedi bwriadu dim drwg. Ond gallai Eifion fod wedi rhoi'i ben i'w dorri mai rhywbeth byrbwyll, difeddwl oedd o a'i bod, yn ôl pob tebyg, wedi gweithredu er mwyn gwneud cymwynas â rhywun arall. Cymryd achos rhywun arall i'w dwylo'i hun fel y gwnaeth hi i'w amddiffyn o mor aml pan oedden nhw'n blant. Wrth feddwl fel hyn teimlai yntau'n saith gwaeth o ystyried y posibilrwydd fod Gwen wedi cael cam.

Bron yn ddiarwybod iddo roedd o wedi arafu'i gamau a throi i gyfeiriad fflat Gwen. Roedd y goriad yn gynnes yn ei fysedd fel darn o rywbeth byw. Doedd o ddim yn cofio gwneud y penderfyniad, dringo'r grisiau, stwffio'r goriad i'r clo. Y cwbl a gofiai oedd sefyll yno yng nghanol y llawr a'r distawrwydd caeth hwnnw'n plethu o'i gwmpas, yn ymwthio i'w ffroenau, yn crefu am gael ei ollwng drwy ffenest agored.

Doedd dim golwg ei bod wedi bod yno ers dyddiau. Cwpanau yn y sinc, gwydryn gwin wedi'i staenio'n goch. Potel wag. Roedd ei dillad hi yno, ei chôt ar y bachyn wrth y drws. Ac roedd yna lefrith gweddol ffres ar ei hanner yn y ffrij. Doedd hi ddim yn edrych fel pe bai hi wedi pacio'i chês gyda'r bwriad o ddiflannu. Ond roedd hi wedi diflannu. Eisteddodd yn drwm ar y soffa fechan a symud yr hyn a feddyliodd oedd remôt y teledu, sgwaryn caled wrth ymyl ei ben-glin. Suddodd ei galon. Nid remôt y teledu oedd o ond ffôn symudol Gwen. Gwelodd ei holl negeseuon newydd ei hun yn wincio'n ôl arno heb eu darllen ganddi. Ond roedd hi wedi darllen rhai Rhydian. Yn groes i'r graen teimlodd Eifion nad oedd ganddo ddewis ond edrych arnyn nhw. Darllenodd y tecsts roedd Rhydian wedi'u hanfon. A'i rhai hithau ato yntau. Roedd ei hymbil trist yn pigo'i lygaid. '*Plis dweud fod popeth yn OK rhyngon ni, Rhyds.*' '*Rhyds, dwi'n dy garu di. Mae popeth yn iawn, tydi? Tecstia plis!*' '*Dwi'n sori am bob dim, wir. Jyst isio i ni fod yn iawn.*' Roedden nhw'n mynd ymlaen yn un ribidirês o boen a'i atebion swta yntau mor amlwg o ffwrdd-â-hi a difater fel y teimlai Eifion ei waed yn berwi. Y basdad. Doedd hi ddim yn haeddu mochyn fel hwn. O, Gwen. Dwyt ti ddim yn gallu'i weld o, nag wyt? Dyna lle roeddan nhw, geiriau gwag yn osgoi ateb dim byd oedd y rhan fwyaf ohonynt: 'A ti, babes.' 'A fi, babes.' Yna bwlch o ddiwrnod neu ddau heb ddim. Roedd tecsts Rhydian yn mynd ar dac gwahanol wedyn, yn awgrymu cadw 'proffil isel' a 'bod yn ofalus'. Y geiriau 'gormod i'w golli' oedd y rhai gwaethaf i'w darllen. Blydi hel, os oedd eu gweld nhw'n ei frifo fo, Eifion, ni allai ond hanner dychmygu'r effaith roedden nhw wedi'i chael ar Gwenllian mewn gwaed oer fel hyn.

Cododd Eifion gan feddwl stwffio'r mobeil i boced ei siaced. Roedd hi'n flêr os oedd Gwen wedi mynd i unlle heb hwnnw, roedd fel estyniad o'i llaw dde. Yna ailfeddyliodd. Roedd arni angen ei ffôn. Byddai'n siŵr o ddychwelyd, petai dim ond i nôl hwnnw. Caeodd ddrws y fflat yn glep ar ei ôl ac roedd y distawrwydd trwm fel petai'n dal i lynu wrth ei sodlau. Beth bynnag a wnâi, roedd yn rhaid iddo gael hyd i Gwen cyn iddi wneud rhywbeth arall byrbwyll. Edrychodd eto'n ofer ar ei ffôn ei hun gan wybod i sicrwydd erbyn hyn na allai hi gysylltu ag o. Ochneidiodd. Byddai cael hyd i Gwen yn fwy o her nag a feddyliodd.

Efallai'i fod o'n rhy hwyr.

2

Roedd Rhydian Lewis yn eistedd o flaen rhaglen deledu nad oedd o'n ei gwylio, ac yn dileu negeseuon oddi ar ei ffôn. Fel arfer roedd o'n drefnus iawn ac yn cael gwared o'r dystiolaeth yn syth bìn. Ond roedd y tecsts yma wedi mynd drwy'r rhwyd am resymau gwahanol – dim amser, dim cyfle, hyd yn oed isio ailddarllen ambell un cyn iddo ddiflannu i ebargofiant. Achos mi roedd ambell neges ganddi'n ddigon doniol ac ambell un arall yn wirioneddol annwyl. Roedd yn rhaid iddo gyfaddef ei fod o'n mwynhau sylw fel hyn. Doedd Bethan ei wraig ddim yn un i wastraffu geiriau, yn enwedig rhai gor-gariadus. Er mor fenywaidd a deniadol ydoedd i edrych arni, doedd yna fawr o ramant yn perthyn iddi. Doedd dweud: 'Dwi'n dy garu di, Rhyds, ti'n secsi ac yn gorjys a dwi dy isio di rŵan hyn!' ddim yn dod yn rhwydd iddi. Ddim yn rhan o'i geirfa bob dydd hi. Nid fel Gwen.

Dileodd yr olaf o'i negeseuon: *Caru chdi. Diolch am ddod i fy mywyd i. xxx.* Roedd y geiriau'n eu hamddiffyn eu hunain yn ddewr. Pwy yn ei iawn bwyll fyddai'n dileu tecst mor hyfryd o'i wirfodd? Ochneidiodd Rhydian. Oedd o go iawn yn gymaint o fasdad? Ond bod yn ymarferol roedd o wrth wneud hyn. Doedd fiw i Bethan gael hyd i unrhyw decst. Meddyliodd am Gwen am y milfed tro. Roedd popeth ar yr wyneb hefo hi. Dim ystrywiau, dim triciau, dim pwdu. Roedd hi dros ei phen a'i chlustiau mewn cariad hefo fo ac roedd hi am iddo wybod hynny bob cyfle roedd hi'n ei gael.

Roedd yn rhaid iddo gyfaddef bod ei hansicrwydd yn ei lethu weithiau, yr angen yma am gadarnhad ei fod yntau'n ei charu hithau yn yr un ffordd. Roedd hi isio'i glywed o'n dweud hynny. Ac mi oedd o'n ei ddweud o, ond nid mor aml y dyddiau hyn. Oedd hynny'n golygu nad oedd o'n teimlo cweit mor angerddol amdani ag roedd o ar y dechrau? Y gwir amdani oedd na allai ateb y cwestiwn hwnnw ar ei ben bellach. Oedd, roedd o'n dal i'w ffansïo hi. Wrth gwrs ei fod o. Pa ddyn fyddai ddim? Y gwallt hir, trwchus 'na, y llygaid siocled, y pen-ôl crwn a'r bronnau trymion, braf. Roedd hi fymryn yn dewach na Beth ac roedd o'n lecio hynny, yn mwynhau'r teimlad o doddi i'w meddalwch. Roedd o hefyd yn mwynhau'r ffordd roedd hi'n ei addoli, pe bai o'n bod yn hollol onest. Hefo'i meddwl a'i chorff. Doedd o ddim yn cael yr eilunaddoliad hwnnw adra. Faint o ddynion priod oedd yn ei gael? Fel arall roedd pethau yn ei briodas o. Roedd Bethan yn 'high maintenance', yn mynnu sylw ac wedi arfer ei gael erioed. Ar y dechrau roedd hynny'n un o'r pethau oedd wedi denu Rhydian Lewis at ei wraig, a'r ffaith fod rhywun mor smart ac annibynnol a phenderfynol wedi syrthio am foi mor gyffredin â fo. Roedd y cyfan wedi bwydo'i ego a gwneud iddo deimlo'n uffar o foi am iddo allu bachu merch fel hon.

Ar yr wyneb roedd ganddo bopeth – gwraig ffasiynol, dau o blant ffantastig, swydd dda, cartref moethus, ffrindiau dylanwadol. Beth oedd ar goll felly? Pam cael affêr? Pe bai o wir mewn cariad hefo Gwen mi fyddai'n gadael Bethan. Onid felly roedd pethau'n gweithio? Y gwir oedd nad oedd ganddo'r gyts na'r egni i feddwl gwneud peth felly. Pe bai rhywun yn chwifio hudlath a chynnig iddo'r bywyd perffaith, beth fyddai hwnnw? Yr hyn nad oedd Rhydian yn fodlon cyfaddef, hyd yn oed wrtho'i hun, oedd fod arno isio'r cyfan. Y wraig a'r cariad. Hyd yn hyn roedd o wedi llwyddo i gadw'r ddau fywyd ar wahân, a thra oedd o'n rheoli a Gwen yn cydymffurfio, roedd popeth yn iawn. Yn grêt. Doedd o ddim yn bwriadu cael ei ddal. Roedd o'n ei ystyried ei hun yn ormod o dderyn i hynny. Ar hyn o bryd roedd y balans yn iawn, dim ond jyst digon o adrenalin i'w gadw ar flaenau'i draed. I gadw'r 'buzz' yn ei fywyd. Ac yna newidiodd popeth mewn amrantiad. Yn fuan ar ôl iddyn nhw ddod adra o'u gwyliau yn Bali roedd Bethan wedi dweud wrtho ei bod yn disgwyl. Eu trydydd plentyn.

A phenderfynodd Rhydian Lewis ei bod yn hen bryd iddo drio dod o hyd i'w gydwybod.

3

Roedd yn rhaid iddi ei weld o, siarad hefo fo. Roedd yr angen am hynny'n llosgi ei thu mewn. Doedd dim ots am ddim byd arall. Teimlai Gwen fel pe bai rhyw linyn anweledig yn ei thynnu tuag at Rhydian ac ni fedrai yn ei byw ei wrthsefyll rhagor. Roedd arno yntau ei hangen hithau, yn gaeth yn ei briodas, yn hiraethu amdani fel roedd hi'n hiraethu amdano yntau. Gallai weld hynny rŵan. Roedd hi wedi bod yn llywaeth, wedi eistedd yn ôl a chymryd ei darbwyllo ganddo tra oedd yntau'n meddwl am bawb arall. Onid oedd Rhydian wastad yn trio gwneud y peth 'iawn'? Roedd o'n aberthu'i hapusrwydd ei hun rhag brifo pobol eraill ond sut allai hynny fod yn deg ar neb yn y pen draw? Ei lle hi, Gwen, oedd ei achub o rhag y wraig oeraidd, drwynsur 'na oedd ganddo.

Roedd yn rhaid iddi gyfaddef wrthi ei hun fod gweld Bethan yn y cnawd wedi bod yn sioc y diwrnod hwnnw. Doedd hi ddim wedi disgwyl gweld rhywun mor ddeniadol a hyderus, rhywun na fyddai neb yn ystyried am funud y byddai ar ei gŵr angen cael perthynas hefo dynes arall. Gwthiodd Gwen y syniad i gefn ei meddwl. Roedd mwy i berson na'r ffordd roedd o neu hi'n edrych wedi'r cyfan. A doedd hynny ddim yn cyfrif llawer, mae'n rhaid. Pe bai Bethan yn ddigon i Rhydian, fyddai o ddim yn dychwelyd ati hi, Gwen, dro ar ôl tro, na fyddai?

Roedd hi wedi torri'r rheol aur. Ffonio mobeil Rhydian. Doedd hi ddim i fod i wneud hynny ar unrhyw gyfrif oni bai ei fod o'n dweud wrthi am wneud ar amser penodol. Rhy beryglus fel arall. Ond heddiw roedd rhywbeth yn ei gyrru yn ei blaen, rhyw gythraul na allai hi mo'i anwybyddu bellach. Roedd hi'n mynd i gysylltu ag o, doed a ddelo. Hyd yn hyn, doedd hi ddim wedi cael unrhyw ymateb.

Bu hon yn wythnos uffernol. Marwolaeth Harri ddechreuodd y cyfan, rhyw reid roler-coster o ddigwyddiadau erchyll nad oedd modd eu hatal.

Gwyddai Gwen y prynhawn hwnnw fod Harri'n dirywio'n gyflym. Roedd ei fab wedi cael neges gan y cartref fod ei dad yn bur wael ac nad oedd pethau'n edrych yn obeithiol erbyn hyn. Ond roedd mab Harri ar ei wyliau yn Sbaen a doedd dim sicrwydd pryd fyddai o'n gallu cael ffleit adra ar frys. Yn ôl yr hyn a welsai Gwen dros y misoedd diwethaf, doedd hi ddim yn ymddangos bod Gwyn Anwyl erioed wedi bod ar lawer iawn o frys i ddod i edrych am ei dad p'run bynnag.

Roedd y cyfan yn ei chorddi. Bet oedd yr un oedd yn cyfri. Hi ddylai fod yno wrth erchwyn gwely Harri yn ystod ei oriau olaf, nid rhyw fochyn oeraidd o fab oedd yn taro i mewn am ddeng munud ar Ddolig a phen-blwydd, dim ond er mwyn cael ei weld yn gwneud ei ddyletswydd. Basged o ffrwythau drud wrth droed y gwely oedd yr arwydd arferol fod Gwyn wedi galw. Welodd Gwen erioed mo Harri'n bwyta ffrwyth.

Roedd rhywbeth bron yn heddychlon am gartref Gwern Llwyn yr adeg honno o'r nos pan oedd pawb yn eu gwelyau a'r bylbiau isel yn creu rhyw fath o wyll synthetig, llonydd. Cawsai Gwen beth cysur o'r ffaith nad oedd y nos byth yn hollol dywyll yno. Byth oddi ar y ddamwain yn y llyn, bu'n rhaid iddi gael golau bach i gysgu. Doedd hynny ddim wedi newid ers pan oedd hi'n blentyn. Doedd pethau ddim wedi gwella. Allai hi ddim dygymod â noson hollol ddu. Roedd angen y golau bychan bach, cyfeillgar, fel pe bai hi'n gofalu bod y tân ynghyn i gadw'r bleiddiaid draw. Ond hyd yn oed wedyn roedd yr hunllefau'n mynnu dod yn ddirybudd a'i chipio ar eu cyrn cyn ei gadael drachefn yn foddfa o banig oer a'r bore'n bell.

Edrychodd Gwen ar Harri'n cysgu. Doedd o ddim yn gwsg naturiol. Bu'r doctor yno gynna'n rhoi pigiad o forffin iddo. Doedd hynny byth yn arwydd da. Meddyliodd am y ffordd y bu Harri a hithau'n dal pen rheswm, os rheswm hefyd. Herio'i gilydd, hyd yn oed. Doedd yna fawr o synnwyr yn eu sgwrs – rhyw bytiau rhacsiog o ddoe yn gymysg â'r ffwndro arferol. Ambell waith, am eiliad, deuai'r golau ymlaen yn ei ben a diffodd wedyn yr un mor greulon o gyflym cyn iddo gael gafael ar yr atgof yn grwn. Roedd hynny'n ei wneud o'n biwis, yn flin. Gwyddai ei fod wedi cael ei amddifadu o rywbeth, ond na wyddai yn ei fyw beth ydoedd. Ei gof yn ei bryfocio. Ei ben yn chwarae mig â'i galon ac yn ennill bob tro.

Daeth rhywbeth drosti, rhyw deimlad sydyn, di-droi'n-ôl. Doedd ganddi ddim dewis unwaith roedd y syniad wedi cydio. Roedd rhif mobeil Bet ganddi erbyn hyn. Oedodd am eiliad yn unig cyn anfon y tecst. *Harri ddim yn dda. Dewch rownd at ddrws y cefn.* Doedd dim amheuaeth na ddeuai Bet ar ei hunion. Roedd y neges yn berffaith eglur. Doedd Bet ddim yn deulu. Nid ei lle hi oedd bod yno. Doedd ganddi ddim hawliau dros Harri. Fyddai hyd yn oed Harri ei hun ddim yn gwybod ei bod hi yno wrth erchwyn ei wely. Ond rhywbeth ganddi hi i Bet oedd hyn. Eu cyfrinach nhw. Gwyddai y byddai Bet yn deall y gorchymyn i ddod rownd i'r cefn yn slei bach. Gwyddai hefyd ei bod yn torri pob rheol. Gwthiodd hynny i gefn ei meddwl ac edrych ar ei watsh. Byddai'n cymryd chwarter awr i Bet gyrraedd. Taclusodd y gynfas ar y gwely er nad oedd angen gwneud hynny. Edrychodd rhwng y bleinds allan i'r tywyllwch er nad oedd hi'n disgwyl gweld dim. Roedd hi'n rhy fuan eto, a ph'run bynnag mi fyddai Bet wedi gadael ei char yn y lôn tu allan os oedd hi'n gall, rhag i neb sylwi ar y golau.

Aeth deuddeng munud heibio. Tri munud ar ôl. Roedd Harri'n gaeth yn ei drwmgwsg o hyd. Agorodd Gwen y drws mor araf, mor ddistaw nes ei bod hi'n clywed ei chalon ei hun yn pwmpio yn ei chlustiau. Daliodd ei hanadl. Yn hanner gwyll y coridor bach roedd ei gwadnau meddal yn gwneud sŵn cusanau ar y llawr llyfn. Roedd y gegin yn wag ac yn sgleiniog ac arogleuon stwff glanhau'r cownteri a'r lloriau ymhleth yn y distawrwydd. Yma ac acw roedd pennau pinnau o oleuadau coch a gwyrdd ar y poptai a'r oergelloedd mor llonydd â llygaid tylluan.

'Bet?'

Roedd hi yno'n boenus o brydlon. Anadlodd Gwen. Daeth chwa o'r nos i mewn gyda hi a glanio yno fel gwyfyn.

'Sut mae o?'

Ond doedd o ddim yn gwestiwn roedd arni angen ateb iddo. Edrychai'n fregus heb ei cholur. Roedd y croen o dan ei llygaid yn rhwydwaith o boen.

Teimlai'r daith yn ôl i stafell Harri fel milltiroedd i Gwen. Roedd ei holl synnwyr cyffredin hi'n dweud wrthi nad dyma'r peth iawn i'w wneud ond roedd pob synnwyr arall yn ei hannog, yn ei hargyhoeddi nad oedd dewis arall. Roedd gan bawb yr hawl i farw yng nghwmni rhywun oedd yn eu caru.

Eisteddodd Bet ar erchwyn y gwely. Doedd dim newid yn Harri ers i Gwen ei adael. Edrychodd arno fo ac ar Bet. Roedd hi fel pe bai'n edrych ar lun nad oedd hi'n rhan ohono. Llithrodd o'r stafell drachefn a'u gadael ar eu pennau eu hunain. Roedd arni hi hynny iddyn nhw. Roedd y drws yn oer yn erbyn ei chefn a'i gwegil wrth iddi bwyso yn ei erbyn. Bu ond y dim iddi lithro i lawr i'w chwrcwd.

Daeth blinder drosti a'r awydd am gael dal ei phen yn ei dwylo. Ond roedd yn rhaid iddi fod yn wyliadwrus. Doedd Bet ddim i fod yno yn oriau mân y bore. Doedd hithau ddim i fod tu allan i'r drws. Daeth ei llygaid yn gynefin â'r gwyll a diolchodd amdano. Roedd llais Bet yn furmur isel yr ochr arall i'r drws. Caeodd Gwen ei chlustiau iddo. Doedd hi ddim yn rhan o'r darlun brau yn yr ystafell tu ôl iddi. Chlywodd hi mo'r geiriau o gariad. Welodd hi mo Bet yn gorwedd ar y gwely wrth ymyl Harri ac yn rhoi ei breichiau amdano, yn gadael ei dagrau'n gusanau ar ei foch.

Aeth bron i hanner awr heibio. Roedd yn rhaid iddi fynd yn ôl i mewn. Safai Bet wrth draed y gwely. Edrychai'n od o ifanc yno yn y cysgodion yn ei chrys-T a'i throwsus pinc meddal. Roedd hi'n amlwg wedi gwisgo amdani ar frys i ddod draw pan gafodd neges Gwen. Y pethau rhwyddaf, agosaf at law. Mor wahanol i'w gwisg ofalus, arferol. Hoffai Gwen y fersiwn hwn ohoni, y Bet gyffredin, ddi-golur. Pethau rhyfedd oedd dillad, yn gallu codi muriau rhwng pobol. Efallai, pe bai Bet mewn ffrog a siaced a sodlau, na fyddai Gwen wedi meiddio gafael amdani fel y gwnaeth, sychu deigryn oddi ar ei boch hefo blaen ei bawd ac anwesu'i gwallt. Pe na bai Bet wedi'i llorio'n llwyr oherwydd iddi golli'r unig ddyn yr oedd hi wedi'i garu erioed, efallai y byddai Gwen wedi edrych ar ei watsh a sylweddoli difrifoldeb y sefyllfa cyn ei hysio o'r ystafell ac at ddrws y cefn cyn i neb sylwi ei bod wedi esgeuluso'i dyletswyddau a thorri Duw a wyddai sawl rheol. Pe bai Gwen ei hun wedi bod yn meddwl yn glir, efallai y byddai wedi rhagweld peryglon hyn i gyd, wedi rhagweld y byddai'r brif ofalwraig oedd yn gyfrifol am y coridor hwn wedi sylwi ar y drws agored ac wedi penderfynu holi beth oedd cyflwr Harri Anwyl erbyn hyn. Rhagweld y byddai angen galw doctor a llenwi ffurflen a bod yn ymwybodol pryd yn union y bu farw yng ngofal Gwen. Ac y byddai'n rhaid esbonio presenoldeb gwraig ddiarth nad oedd yn perthyn o gwbl i'r ymadawedig yr adeg honno o'r nos.

Ond doedd pethau ddim yn glir. Doedd hyd yn oed Bet a oedd bob amser mor ddoeth a chyfrifol ddim mewn cyflwr i esbonio'n iawn pam roedd hi yno ond roedd un peth yn hollol ddiamheuol bendant: roedd bai ar Gwen.

Dreifiodd adref heb weld y lôn o'i blaen. Doedd difrifoldeb ei sefyllfa ddim wedi'i tharo'n llwyr – roedd tristwch colli Harri a galar Bet yn llenwi ei meddyliau. Roedd arni angen Rhydian yn fwy nag erioed. Ond doedd o byth ar gael pan oedd arni ei angen. Lle roedd o rŵan? Yn ei wely hefo'i wraig. Oedden nhw wedi caru tybed? Trawodd realiti'r sefyllfa hi fel gordd a mynd â'i gwynt. Fedrai hi ddim cario ymlaen fel hyn. Roedd yn rhaid i rywbeth newid. Roedd yn rhaid iddi wneud rhywbeth a hynny'n fuan. Dod â'r holl ansicrwydd i ben. Doedd dim ond un ffordd o wneud hynny. Mynd i weld Bethan. Unwaith y byddai gwraig Rhydian yn ymwybodol o'r sefyllfa byddai pethau'n symud. Roedd hi'n hen bryd gollwng y gath o'r cwd. Hen gath wyllt frathog fyddai hi. Rhwygodd ochenaid drwy Gwen a setlo'n oer a thrwm ym mhwll ei stumog. Drwg mwyaf y gath hon oedd y byddai olion ei hewinedd ym mhobman.

Pan ganodd ei ffôn blygain bore a gweld enw Rhydian anghofiodd bopeth am ddial.

'Rhyds, wnei di byth ddyfalu sut noson ges i neithiwr ...'

Ond roedd hi'n sgwrs frysiog a'r geiriau'n brin. Câi hithau egluro'n llawnach rywbryd eto. Oedd, roedd o'n ei charu hi, siŵr iawn. Pam gofyn peth mor wirion? Diffoddodd ei lais. Diffoddodd y golau ar y sgrin a gadael y ffôn yn drwm a distaw ar gledr ei llaw.

4

Yn ei breuddwyd deffrodd Gwen wrth ochr Rhydian.
Roedd o'n dal i wisgo'r un crys, crys neithiwr, yn rhychau
i gyd. Roedd o'n deimlad od. Chwithig. Fel pe bai hi
newydd gysgu hefo dieithryn, dieithryn noeth, heblaw am
y crys. Nid y fo oedd o go iawn. Roedd y freuddwyd wedi'i
weddnewid, wedi rhoi gwrid i'w wyneb fel pe bai o dan
dwymyn. Daliai i gysgu ac roedd y gwely'n chwilboeth, y
cynfasau fel rhaffau'n clymu'i choesau, yn ei chaethiwo.
Teimlai'r cyfan yn ddwys, yn real. Llwyddodd i ddianc
rhag crafangau'r gwely a'i chael ei hun mewn ystafell arall
heb gofio cerdded yno. Yn rhyfedd iawn roedd Rhydian
wedi cyrraedd o'i blaen. Mae hi'n cofio teimlo syndod
wrth freuddwydio. Sut oedd o wedi dod yno? Eiliadau
ynghynt roedd o'n cysgu'n drwm. Erbyn hyn roedd o wedi
gwisgo amdano a phopeth. Oedd o hyd yn oed wedi bod
yn gwisgo het? Mae hyn yn hollol absẃrd erbyn hyn, gefn
dydd golau a hithau'n effro, ond oedd, roedd o'n gwisgo
het. Mae hi bron yn sicr. Neu gap efallai. Ie, rhyw fath o
gap oedd o, debyg iawn.

Doedd yr ystafell hon ddim yn wag. Roedd pobol eraill
yno, aelodau o'i theulu. Ei mam. Ei brawd. Y brawd na
welodd neb mohono'n tyfu'n ddyn. Ond roedd o'n ddyn
yn y freuddwyd. Yn oedolyn. Dyn ifanc oddeutu ugain oed.
Yn hŷn. Gwahanol. Ond roedd hi'n ei nabod o'n syth.
Roedd y tri ohonyn nhw'n siarad, yn parablu, yn swnio'n
gyfeillgar hyd yn oed. Roedden nhw fel pe baen nhw wedi
derbyn y sefyllfa. Hi a Rhydian. Eu carwriaeth. Popeth.
Roedd popeth fel pe bai'n iawn o'r diwedd. Roedden
nhw'n chwerthin ac mae hi'n cofio hyd yn oed rŵan y
teimlad hwnnw o ryddhad a gafodd: mae pethau'n ocê.
Maen nhw'n ei lecio fo. Maen nhw'n gwybod, ond mae

popeth yn iawn. Wedyn galwodd ei brawd arni a gofyn rhywbeth rhyfedd. Fedri di gael hyd i 'nillad ymarfer corff i, Gwen? Dwi ddim isio trenyrs chwaith. Fydda i ddim angen sgidia. Fe'i cafodd ei hun yn chwilota trwy gwpwrdd blêr. Roedd y silffoedd yn rhy uchel ac roedd dillad yn disgyn i lawr am ei phen. Wedyn, yn ddirybudd, fe'i cafodd ei hun yn rhywle arall, yn rhedeg, yn gwisgo'i choban. Neu dywel, efallai? Neu gynfas gwely. Dim llawer mwy na hynny. Roedd y ddaear o dan draed, o dan ei thraed noeth, yn wlyb a mwdlyd a hithau'n dyheu am gawod boeth, dillad sych, am gael hyd i Rhydian sydd wedi diflannu eto. Ond na, mae o yna, yn y garafán. Carafán? Pa garafán?

Mae'r Gwen sy'n effro yn y byd go iawn yn rhwbio'i llygaid clwyfus. Mae hi'n fwy blinedig ar ôl cwsg neithiwr. Hen gwsg prysur, poenus ac mae'r cur yn ei phen yn pwnio tu ôl i'w llygaid. Pwnio pwnio pwnio. Ond hyd yn oed a hithau'n effro dydi'r freuddwyd ddim yn gadael llonydd iddi. Oedd, roedd yna garafán yn ei breuddwyd. Nid un grand. Nid y math o garafán fawr statig y byddai Rhydian yn ei dewis ar gyfer gwyliau. Na, rhyw hen beth fechan racsiog i gysgu dau, cyrtans llipa fel tameidiau o hancesi poced ac ogla tamp. Ac yno'n eistedd mewn siwt a choler a thei du roedd Rhydian, yn dal ei ffôn wrth ei glust. Yn dweud bod raid iddo ffonio adra. Swta. Di-lol. Yn dal i feddwl yn ystyriol am ei wraig, yn dal i fod yn perthyn i Bethan, yn perthyn i'r un a briododd. Yr un a ddewisodd yn hytrach na hi, Gwen. Roedd o'n dal yn eiddo i Bethan er gwaethaf gynnau. Er gwaetha'r ffaith fod ei mam a'i brawd wedi'i dderbyn. Er gwaetha'r chwerthin cyfeillgar hwnnw. Y gobaith y byddai popeth yn iawn wedi'r cyfan. Wedi'r holl boen. Yr hiraeth. O'r diwedd hi fyddai piau Rhydian. Ond hyd yn oed wrth i'r freuddwyd ddechrau pylu sylweddolodd mai lol oedd y cyfan. Celwydd. Hen freuddwyd stiwpid yn gorffen yn stiwpid a hithau yn ei ffrog orau, ac nid y goban roedd hi'n rhedeg ynddi eiliadau ynghynt. Ffrog newydd las, yn fenywaidd a deniadol ac yn dynn o gwmpas ei gwasg, yn disgyn yn blygion ysgafn ac yn darfod uwchben ei phen-glin, y math o ffrog y byddai Rhydian wedi hoffi iddi ei gwisgo.

O leiaf doedd hi ddim wedi cael hunllef. Yr hunllef. Ond, er gwaethaf ei rhyddhad o sylweddoli hynny, mae darnau o'r freuddwyd yn rhy real, yn aros, yn dal i lynu wrthi fel blew ci ar ddillad cnebrwn.

Mae cryndod sydyn yn ei cherdded. Rhyw hen ias cerdded-dros-fedd. Meddylia am Rhydian yn ei breuddwyd yn gwisgo tei du. Meddylia amdano drwy'r dydd. A thrwy'r dydd hwnnw mae rhyw ansicrwydd yn cydio ynddi o hyd ac yn ei meddiannu. Mae'i ffôn hi'n blipian sawl gwaith ond Eifion ydi o. Dim byd gan Rhydian. Mae o'n gwybod beth sydd wedi digwydd. Yn gwybod am y peth ofnadwy sydd wedi digwydd iddi. Gwybod am Harri. O leiaf fe gafodd gyfle i adael iddo wybod hynny pan ddigwyddodd o ffonio. Galwad frysiog fel arfer. Ben bore cyn i neb arall godi. Roedd hi'n anodd iddo siarad. Yn cydymdeimlo. Wrth gwrs ei fod o. Ond wir, roedd yn rhaid iddo fynd. Go iawn. Roedd o am wneud ei orau i drio'i gweld hi. Yn fuan. Addo.

Y tro hwn mae hi'n cael mwy o drafferth deall pa mor ofnadwy o anodd ydi pethau iddo fo. Mae arni ei angen o heddiw. Mae hi wedi hiraethu cymaint amdano nes bod yr hiraeth hwnnw wedi nythu tu mewn iddi a throi'n boen go iawn, rhywbeth oedd yn brifo, yn bynafyd, fel y ddannodd neu gur pen parhaol. Erbyn hyn mae rhywbeth arall wedi cymryd ei le – rhyw barlys. Dydi o ddim fel y ddannodd rŵan, ond fel petai pigiad deintydd wedi rhewi rhywbeth yn ei pherfedd. Rhewi'r hiraeth rhag iddo'i brifo hi. Mae hi'n dechrau ffeirio'r Rhydian mae hi'n ei adnabod hefo'r Rhydian a welodd yn ei breuddwyd. Weithiau mae o'n ddiwyneb, yn ddim ond presenoldeb, yn rhith mewn siwt, yn hunanol, yn gwisgo amdano o'i blaen hi. Ond onid dyna'r gwir beth bynnag? Onid dyna'r gwirionedd hallt – y codi a gadael? Hithau'n fregus a noeth o hyd, yntau wedi gwisgo amdano ar frys, yn barod i wynebu'r byd fel pe na bai dim wedi digwydd rhyngddyn nhw.

Gwna goffi. Coffi go iawn. Cryf. Mae hi'n hoffi'i ogla fo. Ogla drud, cyfoethog sy'n od o gysurus am ei fod o'n ogla rhywbeth arbennig. Ogla sbesial. Ogla achlysur fel cinio allan neu Ddolig. Ia, dim ond ar Ddolig y byddai ei mam yn gwneud coffi go iawn. Coffi dathlu.

Dydi Gwen ddim yn dathlu dim byd. I'r gwrthwyneb. Cafodd ei bygwth â'r sac pan ffeindion nhw allan. Dylai hi fod wedi dangos mwy o edifeirwch am yr hyn a wnaethai. Dweud pa mor sori oedd hi. Nad oedd hi wedi meddwl. Ond roedd hi wedi meddwl. Wedi meddwl yn ofalus iawn. Doedd hi ddim yn edifar. Doedd ganddi ddim dewis. Cafodd wahoddiad i eistedd o'u blaenau ar gadair galed. Roedd tri ohonyn nhw: y panel disgyblu. Roedd ffenest fawr, foliog yn swyddfa Anwen. O'r lle roedd hi'n eistedd gallai Gwen weld y goeden. Coeden Bet. Dagrau yn lle dail. Ymestynnai'r lawnt o'i blaen yn wyrdd a gwastad. Meddyliodd Gwen am lyn, ei wyneb yn llyfn a llonydd. Yn estyn gwahoddiad. Ac o dan y llyfnder y crafangau'n aros i dynnu pobol i lawr, i lawr i'w grombil. Wedyn clywodd ei henw.

Edrychodd arnyn nhw bryd hynny: Anwen, ei bòs, yn dal ei chorff yn dynn a'i gwefusau'n dynnach. Mae'n bur debyg na freuddwydiodd hi erioed am agor y geg twll-din-iâr 'na yn ddigon llydan i blesio dyn. A'r ddau gynghorydd bob ochr iddi fel dwy jwg ar ddreser, eu cadeiriau wedi'u gosod yn ofalus ar hanner tro fel pe baen nhw'n rhan o arddangosfa. Tybed a wyddai'r Cynghorydd Albert Wynne a'i fol dros ei drowsus beth oedd cael merch yn ei garu cymaint nes ei bod hi'n agor ei chorff fel blodyn i'w dderbyn a'i drysori wrth ei ddal tu mewn iddi? O nabod Nesta Wynne hefo'i blwch cenhadol a'i chardigans, roedd Gwen yn amau'n fawr. Pe bai Albert Wynne wedi cael ei garu â mwy o angerdd byddai ei lygaid yn dynerach. Doedd y wraig ar y dde ddim yn edrych yn gydym-deimladol chwaith: Janet Prys, cadeiryddes sawl pwyllgor gan gynnwys Fforwm Busnes y dref agosaf. Roedd hi hefyd yn berchennog siop ddillad merched yn y dref honno ac roedd hi'n amlwg yn gwisgo dillad o'i siop ei hun heddiw – haenau o ddefnydd hufen a llwyd a mwclis trwm. Y math o ddillad na fedrai merched cyffredin mo'u fforddio, iwnifform y breintiedig rai. Yn anffodus doedd steil y dillad ddim yn gweddu i Janet. Wrth geisio gorchuddio'i chorff sylweddol roedd wedi llwyddo i edrych o leiaf un maint yn fwy. Ond, a bod yn deg, roedd ei gwallt lliw coch salon wedi'i dorri'n gelfydd ac yn sgleinio fel crwmp caseg sioe. Edrychai Anwen yn fain a diddychymyg wrth ei hochr yn ei siwt drowsus frown a'r gadwen fach aur ddidramgwydd honno o gylch ei gwddf. Meddyliodd Gwen amdanynt fel dwy ast wedi'u gosod ochr yn ochr yn Crufts – y Dogue de Bordeaux a'r wipet – a mygodd yr awydd sydyn i wenu. Roedd hi'n boenus o ymwybodol fod lliw ei bra ei hun yn amlwg drwy ddefnydd rhad y top a brynasai hefo'i neges yn yr archfarchnad leol. Ategwyd hynny'n fud gan Albert Wynne yn y ffordd y rhythai bob hyn a hyn ar ei bronnau â'i lygaid pysgodyn.

Ysgydwodd Janet Prys ei breichledau.

'Dydi hwn ddim yn benderfyniad i'w wneud yn ysgafn, Miss Morris. Mae rhywbeth fel hyn yn ddifrifol ac yn rhoi enw drwg i le mor ardderchog â Gwern Llwyn.'

Llyncodd Gwen ar y gair 'ardderchog' fel pe bai ganddi friwsionyn yn sownd yn ei gwddf.

'Ti *yn* dallt hynny, dwyt, Gwen?' Anwen. Yn trio bod yn feddalach na'i golwg. Y wipet ddim cystal am frathu. 'Fedri di ddim gadael i dy galon reoli.'

'Roeddech chi'n ymddwyn mewn ffordd gwbl amhroffesiynol,' meddai'r Dogue de Bordeaux fel pe na bai Anwen wedi siarad. 'Ac mae Mr Wynne a minnau'n unfryd unfarn ar hynny, yn dydan, Mr Wynne?' Dywedodd hyn fel pe bai hi newydd feirniadu cystadleuaeth cerdd dant.

Rhwygodd Albert Wynne ei lygaid drachefn oddi wrth fronnau Gwen ac anadlu'n drwm i gyfeiriad y feirniadaeth. Gadawyd y gwaith anoddaf i Anwen.

'Mi allet golli dy waith yn gyfan gwbl oherwydd hyn, Gwen.'

Teimlodd Gwen bigiad sydyn o bechod drosti. Roedd Anwen allan o'i dyfnder wrth ei hysbysu'n swyddogol ei bod yn cael ei diswyddo dros dro er mwyn iddyn nhw edrych yn fanylach i'r mater. Siarad hefo teulu Harri ac ati. Doedd Anwen ddim isio iddi fod yn rhy obeithiol. Nid atebodd Gwen. Gwyddai eu bod nhw eisoes yn gwneud toriadau. Byddai hon yn ffordd gyfleus iawn o gael gwared ag un arall. Ond roedd hi'n derbyn nad oedd hi wedi ymddwyn yn briodol. Ochneidiodd yn fewnol. Mae'n debyg mai'r sac roedd hi'n ei haeddu. Pe bai hi'n onest mi fyddai hi'n gwneud yn union yr un peth eto yn yr un sefyllfa. Roedd hi'n rhy galonfeddal. Ac yn ormod o rebel o hyd yn y bôn. Plethodd ei dwylo ar ei glin fel merch ysgol o flaen ei gwell. Roedd hi'n dyheu am smôc.

Pan gododd Janet Prys ar ei thraed, roedd hynny'n arwydd fod y cyfarfod ar ben. Wrth syllu ar ei gwisg rhyfeddai Gwen sut roedd dillad mor ddrud yn gallu edrych fel tasen nhw angen eu smwddio ar ôl i chi eistedd i lawr ynddyn nhw. Cafodd beth cysur o weld y lliain hufennog yn rhychau i gyd fel papur tŷ bach.

Wrth gael ei gollwng o'r ystafell sylweddolodd Gwen nad oedd hi ddim isio gweld neb, ddim hyd yn oed Eifion. Roedd rhan ohoni'n falch nad oedd hi ddim i ddod yn ei hôl i Wern Llwyn am sbel. Efallai na châi ddychwelyd o gwbl. Ond doedd hi ddim isio bod yno beth bynnag. Doedd hi ddim isio gorfod mynd i mewn i ystafell Harri i dendiad ar rywun arall. Doedd hi ddim isio ail-fyw'r gofid.

Rŵan mae ogla'r coffi yn llenwi'r lle. Y coffi crand. Mae hi'n ei dywallt i gwpan wydr dal ac yn ei felysu hefo lwmp o siwgwr brown. Gwneud pethau'n iawn. Ond rywsut mae'i ogla fo'n well na'i flas.

Coffi fel hyn gafodd hi hefo Bet yng Nghaffi'r Bont y diwrnod yr hitiodd hi'r car. Chafodd hi fawr o flas ar hwnnw chwaith.

5

'Dynas ddiarth.'

Dim ond dau air roedd ar Cathrin Morris eu hangen i wneud i'w merch wingo.

'Dwi wedi bod yn brysur.' Ac roedd ei phen hi ym mhobman. Anghofio'i ffôn yn y fflat gynnau a dychwelyd i'w nôl. Ychydig a wyddai fod Eifs wedi bod yno funudau ynghynt yn chwilio amdani.

'Do, siŵr iawn. Ac mae hi'n hanner awr dda i ti yn y car. Mae rhywun yn anghofio hynny.'

Gwyddai Cathrin ei bod hi'n annheg, yn bigog hyd yn oed, ond fedrai hi mo'i rhwystro'i hun. Roedd hi 'run fath bob tro. Methu maddau. Methu meddalu. Roedd blynyddoedd ers y ddamwain. A damwain oedd hi. Plentyn oedd Gwen hithau pan foddodd ei brawd. Ond yn ei chalon ni allai Cathrin symud ymlaen. Roedd hi'n brwydro'n ddyddiol yn erbyn y diffyg yma oedd ynddi, y methu ymresymu. A'r casineb oedd yn ennill bob amser er na feiddiai hi gydnabod, hyd yn oed wrthi hi ei hun, mai dyna beth ydoedd, y corddi 'ma, y cnonyn tu mewn iddi. Casineb tuag at ei merch ei hun. Doedd y drafferth a gawsai'n ddiweddar gyda'i stumog ddim yn helpu. Y *gallstones* felltith 'ma. Poen y cerrig. Poen colli'i mab. Yr un peth oedd o erbyn hyn, yn cnoi'i pherfedd fel llygoden fawr.

'Ylwch, os nad oes yna groeso yma waeth i mi fynd ddim . . .'

'Paid â bod mor groendenau, wir Dduw.' Llenwodd y tegell a'i sodro'n ôl i ferwi gyda mwy o rym nag oedd ei angen. 'Mae yna baced o ddeijestifs yn y cwpwrdd. Agor nhw os wyt ti isio. Fiw i mi dwtsiad ynddyn nhw fy hun efo'r stumog 'ma . . .'

Yr un fath o hyd. Yr un hen gwyno. Y croeso llugoer nad oedd yn groeso o gwbl, dim ond estyniad hir o'r cyhuddiad dieiriau hwnnw a grogai uwch eu pennau ers diwrnod y ddamwain fel hen gangen oedd wedi pydru ond yn gwrthod disgyn, er garwed y tywydd.

Doedd Gwen ddim isio bisgedi. Isio'i mam oedd hi. Isio i rywun ei charu. Codi'r baich. Roedd hi'n trio a thrio. O hyd. Ond wyddai hi ddim sut i chwalu'r mur oedd rhyngddi hi a'i mam. Mor braf fyddai gallu dod yma i aros, ymddiried ynddi. Bod yn fam a merch go iawn. Edrychodd i bobman heblaw ar Cathrin. Ar y gegin flêr. Ar y tegell yn berwi'n biwis. Ar y caead sosban o haul oedd yn gwneud hwyl am eu pennau, yn sgleinio'n grwn ar y ffenest ac yn gwneud iddi edrych yn futrach. Yn un o'i chorneli roedd gwe pry copyn a thamaid o awel yn cydio ynddi'n ysbeidiol ac yn ysgwyd blewiach y bluen fach wen oedd yn sownd ynddi. Mentrodd Gwen.

'Mae pluen wen yn arwydd,' meddai.

'Arwydd o be, dywed? Fy mod i angen llnau rownd y ffenast, ia?'

Yr un hen baranoia. Meddwl bod pawb yn gweld bai arni am bopeth. Ceisiodd Gwen anwybyddu'r chwerwedd oedd yn gymaint rhan o lais ei mam bellach fel na allai gofio adeg pan fu tynerwch ynddo.

'Arwydd fod yna angel yn ymyl. Dyna maen nhw'n ei ddweud. Ysbryd rhywun annwyl yn agos. Dwi wedi'i ddarllen o yn rhywle. Angel yn anfon cysur . . .'

Daeth y glustan o nunlle. Hyrddiwyd Gwen yn ôl yn erbyn y drws nes bod ei ddwrn yn galed yn erbyn ei chefn.

'Y bitsh fach.' Roedd y ffaith nad oedd Cathrin wedi codi'i llais yn ei gwneud yn fwy bygythiol. 'Ti wir yn meddwl, wyt ti, fod gweld mymryn o faw yng nghongol y ffycin ffenast yn gwneud iawn am yr hyn ddigwyddodd i Arwel?'

Roedd clywed ei mam yn rhegi fel'na bron yn fwy o ddychryn na'r glustan ei hun. A chlywed ei enw fo. Arwel. Dy frawd. Felly roedd Cathrin wedi cyfeirio ato ers ei farwolaeth. Fel pe bai ynganu ei enw fo'n mynd i wneud pethau'n waeth. Yn fwy terfynol. Roedd cudyn o wallt brith wedi disgyn dros ei llygad a llinyn o boer ar ei gên. Edrychai'n orffwyll a dôi ei hanadl yn bycsiau fel anadlu dynes o'i cho'. Gafaelodd yn ysgwyddau Gwen a dechrau'i hysgwyd.

'Plis, Mam, peidiwch . . .'

'Fel tasa colli dy dad ddim yn ddigon. Mi wnest ti i mi golli Arwel hefyd. Dy le di oedd edrych ar ei ôl o y diwrnod hwnnw. Dy. Le. Di.'

Daeth hergwd hefo pob gair. Gyda'r 'di' olaf gwthiwyd Gwen nes iddi daro cefn ei phen yn erbyn y cwarel y drws. Chwalodd y gwydr fel pe bai wedi'i daro â morthwyl. Safodd Cathrin yn stond wrth i'r sŵn ddod â hi at ei choed. Anadlai fel pe bai hi wedi bod yn rhedeg ond roedd hi'n llonydd rŵan, yn syllu ar y llanast a'r gwaed yn y gwydr. Ond edrychodd hi ddim ar Gwen. Trodd yn sydyn a suddo i gadair. Mentrodd Gwen gyffwrdd lle trawyd ei phen a theimlodd rywbeth gwlyb a gludiog yn ei gwallt. Roedd y distawrwydd yn waeth oherwydd hymian y ffrij a thipian y cloc.

Sylwodd Gwen fod y bluen yn dal i siglo yng nghrafangau'r we.

6

Deffrodd Gwen a sylweddoli ei bod hi mewn gwely diarth. Roedd ei phen yn pwmpio a doedd ganddi ddim awydd symud. Roedd agor ei llygaid yn ymdrech fawr. Gallai arogli persawr cyfarwydd, rhyw gymysgedd melys o flodau a Thyrcish diléit. Yn araf cliriodd y niwl a gwelodd rywun yn eistedd ar erchwyn y gwely.

'Bet?'

'Mi ddois ar fy union. Be ddigwyddodd i ti, 'mechan bach i?'

Roedd llaw Bet yn oer ar ei boch a theimlai Gwen ei llygaid yn llenwi. Wyddai hi mo'r ateb yn syth. Syllodd yn ddiddeall ar Bet.

'Mi gest ti gnoc ar dy ben,' meddai Bet. Roedd ei llais yn isel, yn sibrydiad, bron. Yn suo. 'Yn yr ysbyty wyt ti ond paid â dychryn. Dim ond cadw llygad arnat ti nes doi di atat dy hun. Roeddet ti ym maes parcio mynwent Pen Rhyd. Edrych yn debyg dy fod wedi disgyn neu lewygu wrth ddod allan o dy gar a hitio dy ben. Gwraig y tŷ capel sylwodd drwy'r ffenest a ffonio ambiwlans. Roedd dy fobeil di ar sedd y car a fy rhif i oedd wedi dod i fyny arno fel pe baet ti wedi bwriadu fy ffonio. Dyna sut cawson nhw afael arna i.'

Pen Rhyd. Rhif Bet. Roedd y pethau hynny yno yn ei phen yn rhywle ond doedden nhw ddim wedi dechrau gwneud synnwyr eto. Edrychodd ar Bet ac ymestyn ei gwefusau gan obeithio'i fod o'n rhywbeth tebyg i wên.

'Mae 'ngheg i braidd yn sych . . .'

Dim ond dŵr oedd o, ond blasai'n well nag unrhyw ddiod a gawsai erioed. Dechreuodd Gwen sylwi ar yr ystafell fechan i un. Nid mewn ward fawr yr oedd hi.

'Dydw i ddim yn credu eu bod nhw'n bwriadu dy gadw

di yma'n hir os byddi di'n dechrau teimlo'n well. Mae'n rhaid mai llewygu wnest ti . . .'

Yfodd Gwen ragor o'r dŵr, ac ystyried gofyn am dabledi at y cur uffernol yn ei phen. Beth oedd hi'n ei wneud ym mynwent Pen Rhyd? Roedd o'n brifo gormod i feddwl.

'Fy mhen i?' Cyffyrddodd â rhywbeth diarth dros ei gwallt.

'Ti wedi cael pwyth bach.'

'Pwyth?' Roedd hi'n dipyn o gnoc, felly, pan ddisgyn-nodd hi.

Roedd hi'n dod ati ei hun yn araf bach ac yn dechrau cynefino â'r ystafell fechan o'i chwmpas. Tu allan roedd dwy nyrs yn janglo a gallai glywed lleisiau eraill yn y pellter a sŵn troli te ar ei ffordd. Yn raddol daeth y lleisiau a'r synau'n fwy eglur a gallai Gwen ddilyn pytiau o sgyrsiau pobol. Plygodd ymlaen pan welodd y troli diodydd ond roedd symud yn brifo'i phen a suddodd yn ôl ar ei gobennydd. Roedd y gŵr ifanc oedd yn powlio'r troli'n ei hatgoffa o Eifion. Rhyw ffordd dyner, ferchetaidd ganddo. Doedd hi ddim wedi cysylltu ag Eifion ers sbel. Byddai'n poeni amdani. Daeth pwl o euogrwydd drosti o gofio nad oedd hi ddim wedi bod isio siarad hefo fo. Ddim isio siarad hefo neb. Llifodd y dyddiau diwethaf yn ôl yn dameidiau – Harri a Bet, y cyfarfod diswyddo. Roedd hi hyd yn oed yn cofio Janet Dogue de Bordeaux a'i mwclis mawr. Ond roedd yna fwlch wedyn a doedd hi'n cofio dim byd. Meddyliodd am Rhydian. Roedd hi hyd yn oed yn cofio pytiau o'i breuddwyd wirion – hi a Rhydian mewn rhyw hen garafán, hi yn ei choban ac yntau mewn siwt. Doedd dim angen cnoc ar ei phen i'w gwneud hi'n dw-lal. Roedd hi felly'n barod.

Diflannodd y troli. Daeth nyrs i mewn i edrych amdani a dweud y byddai'n dod â thabledi lladd poen iddi a rhywbeth iddi gysgu am awran neu ddwy. Brathodd nyrs arall ei phen rownd y drws.

'Ti'n gwbod ydi Jiwli wedi newid y rota, Rhian?'

'Ydi,' oedd yr ateb. 'Mae hi wedi rhoi Llinos yn dy le di.'

Am ryw reswm arhosodd ateb Rhian y nyrs yn yr ystafell ar ôl iddi adael fel cwmwl yn hofran. Yn dy le di. Dy le di. Chwaraeai ei hymennydd â'r geiriau. Dy le di. Dy le di. Dy. Le. Di.

Roedd fel pe bai rhywun wedi gwasgu swits.

Daeth y cyfan yn ôl ac roedd y cur pen yn saith gwaeth.

7

Roedd Gwen wedi gadael ei mam a'i phen i lawr ar fwrdd y gegin. Roedd yr ymosodiad wedi gadael y ddwy ohonyn nhw'n fud a gwyddai na fyddai yna ddim troi'n ôl bellach. Doedd ei mam ddim wedi maddau iddi am farwolaeth Arwel ac roedd hi'n amlwg erbyn hyn fod yr hyn roedd Gwen wedi'i ofni ar hyd y blynyddoedd yn wir. Daliai Cathrin ei merch yn gwbl gyfrifol am y ddamwain, a fyddai yna ddim troi arni. Roedd ei chasineb yn amlwg.

Gadawodd Gwen dŷ ei mam gan wybod na ddeuai byth yn ôl. Roedd hi'n ferw gwyllt o wahanol emosiynau – chwerwedd, siom, dicter, ofn. Ia, ofn. Yn y munudau erchyll hynny roedd arni ofn ei mam. Gwyddai fod ei phen yn gwaedu ac roedd arni ofn hynny hefyd, ofn gweld maint y briw. Teimlai'n benysgafn ac yn sâl wrth fynd i'w char a dreifiai'n boenus o araf, yn union fel pe bai hi'n feddw. Roedd rhywbeth yn dweud wrthi na ddylai hi fod yn dreifio o gwbl ond yr unig beth ar ei meddwl oedd gadael, dianc. Troi'i chefn ar yr hyn oedd wedi digwydd.

Heddiw doedd hi ddim yn mynd i allu pasio mynwent Pen Rhyd heb weld bedd ei brawd. Byddai Arwel wedi deall. Wrth barcio'i char daeth rhyw foddfa sydyn o chwys drosti ac agorodd y drws. Rhydian. Tybed a allai hi decstio Rhydian? Dim ond unwaith. Oedd yna ryw fath o god y gallai hi ei ddefnyddio er mwyn cysylltu ag o? Roedd hwn yn argyfwng, yn doedd? Cofiodd iddi chwilio am ei ffôn, sgrolio drwy'r enwau. Cael hyd i'w enw fo ac wedyn beth? Jibio? Ailfeddwl? Mae'n rhaid ei bod hi wedi mynd at enw Bet wedyn am na fyddai tecstio Rhydian yn syniad da wedi'r cwbl. Ia, mae'n rhaid mai dyna ddigwyddodd, achos ar ôl hynny doedd hi wir yn cofio dim nes iddi ddeffro yn yr ysbyty'n teimlo fel pe bai rhywun yn taro'i phen hefo gordd.

Roedden nhw wedi'i chadw i mewn dros nos gyda'r addewid y câi fynd adra heddiw pe bai rhywun i edrych ar ei hôl. Ategodd hynny'n ffyrnig gan fwriadu tecstio Eifion ac erfyn am ei faddeuant. Deuai Eifs i aros ati, roedd hi'n sicr o hynny. Doedd ganddi neb arall, nag oedd? Dywedwyd wrthi fod ei char yn saff ym maes parcio Pen Rhyd o hyd. Roedd hogia'r ambiwlans wedi hyd yn oed meddwl am ei gloi a dod â'i bag a'i ffôn. Ymbalfalodd yn ddiolchgar am hwnnw rŵan. Byddai Rhydian wedi tecstio a hithau wedi methu ymateb. Pwysodd y botwm i ddeffro'r mobeil. Roedd y batri'n isel ond roedd digon ynddo ar hyn o bryd i tsiecio negeseuon ac ati, diolch byth. Roedd yna neges eto gan Eifion. Da iawn. Doedd o ddim wedi troi'i gefn arni. Fe atebai hwnnw ar ôl darllen tecsts Rhydian. Roedd yna ddau: *Babes, mae'n rhaid i ni siarad x.* Roedd yr ail neges yn fwy diamynedd: *Lle ddiawl wti?* Dim sws. Roedd brys yn y ddwy neges. Mae'n rhaid ei fod o'n poeni'r tro yma. Yn hiraethu. Rhoddodd hynny bleser annisgwyl iddi. Doedd o ddim yn gallu byw hebddi. Roedd hynny'n amlwg, yn doedd?

Byddai'n rhaid iddi aros i glywed ganddo eto cyn y gallai hi ateb. Dyna oedd y ddealltwriaeth rhyngddi a Rhydian. Os nad wyt ti'n gallu ateb yn syth bìn gad i bethau fod, jyst rhag ofn. Byddai neges annisgwyl ganddi hi'n gallu drysu popeth pe bai Bethan yn digwydd edrych ar ffôn ei gŵr. Adegau fel hyn oedd yn anodd. Roedd hi yn yr ysbyty ac yn methu gadael iddo wybod. Ond wedyn, doedd dim diben iddo boeni'n ddiangen chwaith. Roedd hi'n iawn. Yn cael mynd adra. Roedd ei phen yn dal i frifo ond doedd hi ddim yn teimlo'n sâl nac yn benysgafn heddiw. Dim ond yn drist. Yn dal i fethu credu'r ffaith fod ei mam wedi troi arni mewn ffordd mor dreisgar. Roedd Bet yn meddwl mai wedi llewygu roedd hi a tharo'i phen wrth ddisgyn. Penderfynodd adael iddi feddwl hynny am y tro. Roedd ganddi ormod o gywilydd cyfaddef y gwir.

Goleuodd ei ffôn yn sydyn. Cydiodd Gwen ynddo a'i chalon yn carlamu. Ia, fo oedd o. Ond tynnodd ei decst swta y gwynt o'i hwyliau'n syth: *Amlwg nad wyt ti ddim am gysylltu.* Roedd ei llaw'n crynu wrth iddi ei ateb: *Yn sbyty. Popeth yn iawn. Adra heddiw xxxx.* Ychwanegodd res o swsus i gadw'r ddysgl yn wastad er nad oedd 'na 'run ynghlwm wrth ei negeseuon o. Ddaeth yna 'run ateb ganddo. Roedd y tecst nesaf gan Bet: *Rwyt ti'n dod yma i aros hefo fi nes dy fod yn gwella. Dim dadlau! Wedi siarad hefo'r ysbyty bore 'ma. Cei ddod allan wedi i'r doc dy weld. Tua 11 medden nhw. Wela i di am 12! X.*

Doedd Gwen ddim wedi disgwyl hynny. Roedd o'n sioc ac yn rhyddhad yr un pryd. Wyddai hi ddim beth i'w wneud: gwrthod ynteu derbyn cynnig Bet. Roedd meddwl bod yna rywun arall hefo cymaint o feddwl ohoni ar ôl y ffordd yr oedd ei mam ei hun wedi ymosod arni'n dod â dagrau i'w llygaid. Penderfynodd ateb neges Bet yn nes ymlaen er mwyn cael amser i feddwl. Doedd hi'n ddim ond naw o'r gloch. Diolchodd fod polisi'r ysbyty mor llac ynglŷn â defnyddio ffonau symudol yn y rhan yma o'r adeilad.

Gorffwysodd ei phen ar y gobennydd. Roedd gwres y lle'n ei gwneud yn swrth. Efallai mai dyna pam roedd hi wedi cysgu'n well neithiwr nag y gwnaethai ers tro byd, effaith y gwres a'r tabledi lladd poen. Er gwaethaf holl straen y dyddiau diwethaf teimlai erbyn hyn fod ei chorff yn dechrau ymlacio. Doedd yna ddim byd arall iddi ei wneud ar hyn o bryd beth bynnag, heblaw gorwedd. Penderfynodd wneud y gorau ohoni, cau ei llygaid am ychydig bach eto a gadael i'w meddyliau lifo drosti. Doedd ganddi mo'r egni ar hyn o bryd i frwydro yn erbyn dim byd.

'Gwenllian?'

Roedd clywed ei henw'n llawn yn anghyfarwydd. Y nyrs a fu yno ddoe. Rhian. Agorodd Gwen ei llygaid yn araf fel pe bai rhywbeth yn dal ar ei hamrannau. Mae'n rhaid ei bod hi wedi pendwmpian.

'Popeth i'w weld yn iawn, Gwenllian. Mi fydd y doctor isio gair wrth gwrs, cyn i ti adael. Mae dy ffrind wedi ffonio. Dweud y bydd hi draw i dy nôl ddiwedd y bore.'

Er nad oedd hyn yn newydd iddi gwenodd Gwen yn ddiolchgar, yn falch o agosatrwydd y 'ti' yn hytrach na'r 'chi' mwy parchus y dylai'r nyrs fod wedi'i ddefnyddio. Aeth y nyrs yn ei blaen:

'Does dim isio i ti boeni am y pwyth, mi fydd yn toddi ar ei ben ei hun. Mi fydd y briw dipyn bach yn dyner ond mi ddaw. Mi geith y doctor air pellach hefo ti ynglŷn â'r llewygu 'ma ond dydi o ddim yn anghyffredin i ferch sydd newydd fynd i ddisgwyl.'

Doedd geiriau Rhian ddim yn gwneud synnwyr.

'Disgwyl? Dwi ddim yn dallt . . .?'

'Be? Wyddet ti ddim?' Gafaelodd y nyrs yn ei llaw rhwng ei dwylo ac eistedd yn dyner wrth ei hymyl ar erchwyn y gwely cul. 'Gwenllian, rwyt ti'n feichiog.'

8

Fe gawson nhw haul i gladdu Harri Anwyl. Er bod ei ffrog nefi blw'n ddigon gweddus doedd Gwen ddim wedi'i gwisgo ers tro. Teimlai ryw fymryn yn rhy dynn a gallai deimlo'r chwys yn cronni o dan ei cheseiliau ac ar ei chefn. Doedd ei hesgidiau ddim yn braf chwaith. Roedden nhw'n uchel ac yn gul ac yn pinsio. Diolchodd na roddodd hi siaced amdani – byddai mwy o ddillad wedi'i mygu.

'Wir, Gwen, does dim raid i ti ddod.'

'Na, mi hoffwn i ddod, Bet. Go iawn.'

Ac i raddau roedd hi'n dweud y gwir. Roedd hi wedi bod yn ffond o Harri. Ond yn ei chalon fe wyddai na fyddai hi wedi mynd i'w gynhebrwng oni bai am Bet. Doedd ganddi ddim dewis. Roedd yr hyn a ddigwyddodd wedi'u clymu nhw bellach. Ofnai Gwen na fyddai Bet yn gallu dal yr holl straen, ond mynnai ei bod hi'n iawn. Edrychai'n welw ond roedd o'n welwder ag urddas iddo. Harddwch Bet oedd yn amlwg, nid ei hoed. Ar unrhyw un arall byddai'r ffrog ddu, blaen wedi edrych fel sach. Ond rywsut roedd diffyg siâp y wisg yn peri i'w chorff main edrych yn fwy lluniaidd. Rhes o berlau oedd ei hunig addurn.

'Dwi ddim am fy ngwneud fy hun yn amlwg i neb,' meddai. Roedd llinell ei gên yn benderfynol. 'Cadw proffil go isel, fel maen nhw'n dweud.' A mentrodd gysgod o wên.

A dyna wnaethon nhw. Eistedd yn y cefn yn dawel a chydio dwylo. Gwelodd Gwen pa mor galed oedd hi ar Bet ar adegau. Roedd ei dagrau'n dawel, yn dryloyw fel y perlau am ei gwddf. Meddyliodd Gwen mor dorcalonnus oedd ei sefyllfa. Yno a ddim yno chwaith. Ar y cyrion, yn cuddio'i theimladau rhag tynnu sylw neb. Doedd ganddi ddim hawl ar Harri Anwyl ond roedd hi wedi'i garu o'n fwy na neb. Yn dal i'w garu. Diffoddodd rhywbeth ynddi y noson y bu Harri farw. Syllodd Gwen yn ei blaen a meddwl amdani ei hun yn yr un sefyllfa, meddwl am Rhydian yn yr arch ac nid Harri, a Bethan yn ei galar yn y rhes flaen a chydymdeimlad pobol yn cau amdani fel siôl. Oherwydd hynny y llifodd ei dagrau hithau. Roedd Bet yn gwasgu ei llaw nes bod hynny'n brifo a fedrai hi wneud dim, dim ond caniatáu iddi wneud a theimlo'n falch ei bod hi yno iddi, o leiaf.

Wyddai hi ddim fod gan Harri ferch. Na chwaer. Wyrion. Cefndryd. Ac eto doedd hi ddim yn cofio iddi weld yr un ohonyn nhw – heblaw am Gwyn, y mab, yn achlysurol – yn dod i edrych amdano o gwbl. Dwmpan fach dew oedd y chwaer a godai hances bapur at ei llygad bob hyn a hyn heb drafferthu i'w thynnu o'i phlygiad. Wnaeth y lleill ddim hyd yn oed trafferthu i ffugio emosiwn o unrhyw fath. Eisteddai Gwyn a'i wraig a'u cefnau'n syth fel pe bai arnyn nhw ofn cael rhychau yn eu dillad gorau.

Roedd y gwasanaeth yn fyr ac yn chwaethus, yn unol â dymuniadau Harri. Roedd hi'n amlwg ei fod o wedi gadael cyfarwyddiadau manwl ynglŷn â'i gynhebrwng ei hun dro byd yn ôl ac roedd hi 'run mor amlwg i Gwen wrth iddi wrando na wyddai Bet ddim oll am hynny, yn ôl yr olwg syn ar ei hwyneb. Doedd yno ddim blodau. Roedd cyfle i bobol gyfrannu rhoddion ariannol at elusen cancr y fron, sef y salwch y collodd Harri'i fam iddo, pe baent yn dymuno. Nid dyna a barodd syndod i Bet, ond yr hyn a ddilynodd. Roedd Harri Anwyl, yr awdur, y prif lenor, wedi penderfynu mai fo fyddai'n cael y gair olaf yn ei angladd ei hun drwy ysgrifennu llythyr i'w ddarllen gan y gweinidog ar ddiwedd y gwasanaeth.

Doedd o ddim yn llythyr hirwyntog a doedd yna ddim byd ynddo i beri pryder i neb. Cyfeiriai'n fachog at rai o'i gyfoedion yn y byd llenyddol a chroesawyd yr hiwmor –

roedd yna ambell un yn y gynulleidfa oedd yn dal i gofio'r troeon trwstan y soniwyd amdanynt a daeth awelon bach o chwerthin i leddfu pethau. Roedd Harri'n boblogaidd yn ei ddydd a chanddo'r enw ymysg ei gyfoedion o fod yn dipyn o 'gymêr'. Ychydig iawn o'r cyfoedion hynny oedd yn dal ar ôl i gofio, meddyliodd Gwen yn drist. Serch hynny, roedd yr ymateb i eiriau Harri'n dal yn wresog ac yn frwd. Roedd o'n gynhebrwng mawr ac roedd yno sawl un nad oedd yn adnabod Harri'n bersonol, ond yn adnabod ei waith. Wedi'r cyfan, roedd ei nofelau'n dal i fod ar restrau astudio disgyblion a myfyrwyr Cymru. Doedd dim dwywaith nad oedd Harri Anwyl yn llenor o bwys.

Diweddglo'r llythyr a roddodd ysgytwad i Bet. Roedd rhywbeth dirgel yn y geiriau, rhyw neges gryptig nad oedd yn amlwg yn golygu fawr ddim i neb. Sylwodd Gwen ar ei blant yn edrych yn ddiddeall ar ei gilydd a llithrodd y geiriau heibio iddyn nhw heb eu cyffwrdd. Ond mi gyffyrddon nhw Bet.

'Dwi'n gobeithio mai yna i ddathlu ydach chi heddiw,' meddai'r gweinidog ifanc, yn arafu'i lais yn bwyllog, chwarae teg iddo, er mwyn gwneud cyfiawnder â'r geiriau ail-law. Ond i Bet, Harri oedd yn siarad, nid y gweinidog. Ei lais o roedd hi'n ei glywed. Roedd y dagrau wedi fferru yn ei llygaid fel pe bai hi'n syllu trwy wydr:

'Cyfle i ddathlu bywyd ydi cnebrwn yn fy meddwl i. Dwi wedi trio fy ngorau i ddathlu popeth posib yn ystod fy mywyd, credwch chi fi, ac felly dylai hi fod.'

Trawodd y geiriau hyn nodyn gydag ambell un oedd yn cofio hoffter Harri o win da ac o gymdeithasu, a chafwyd pwl bach arall o chwerthin addas. Aeth y gweinidog yn ei flaen:

'Dwi wedi dathlu llwyddiannau, dwi wedi dathlu harddwch, a dwi wedi dathlu cariad.'

Gallai Gwen deimlo Bet yn dal ei hanadl. Roedd y distawrwydd yn llyfn fel gwydr a'r gynulleidfa'n synhwyro bod y llythyr difyr a gwrandawadwy hwn, a oedd mor gwbl nodweddiadol o arddull Harri Anwyl yn ei ddydd, yn dirwyn i ben:

'Dwi hefyd wedi dathlu'r degfed ar hugain o bob mis am resymau arbennig iawn na ŵyr neb amdanynt heblaw amdana i ac un arall, rhywun sydd, dwi'n gobeithio, yn gwrando ar y neges hon heddiw. Roedd mis Chwefror yn anos, fel y gallwch ddychmygu, ond roedd yna ffordd o gwmpas hynny hefyd, ran amlaf! Pe bai modd i mi godi gwydryn siampên rŵan a chynnig y llwncdestun olaf un, wel, dyma fo: i ddathlu'r degfed ar hugain, i flodau'r haul, ac i gofio clychau'r gog a'r deryn ar y graig. I enaid hoff. Dim ond i ti all y geiriau hyn fod.

Hyd byth,

Harri.'

Aeth yr emyn olaf â'r sylw oddi ar y llythyr ond doedd dim dwywaith nad oedd sawl un wedi dechrau cnoi cil dros yr hyn a ddarllenwyd. Sylwodd Gwen fod Bet yn cael trafferth i ffurfio geiriau'r emyn. Allai hi ddim gwneud siâp hefo'i cheg heb sôn am ganu. Roedden nhw yn y seddi cefn, o olwg pawb. Byddai'n hawdd iddyn nhw ddiflannu cyn diwedd y gwasanaeth heb i fawr neb sylwi. Gwasgodd Bet law Gwen fel pe bai hi wedi darllen ei meddwl. Roedd holl bwysau bysedd y wraig hŷn ar ei bysedd yn erfyn: plis, gawn ni fynd adra?

'Roeddwn i'n meddwl y gallwn i ddygymod yn o lew. Ond pan glywais i'r geiriau olaf yna . . .'

Roedd gwres yr haul yn ddi-ildio. Haul caled yn sychu dagrau.

'Dowch i'r cysgod, Bet.'

Gwen oedd yn gofalu rŵan, yn gwarchod, yn cysuro.
Roedd hunanreolaeth Bet wedi crychu'n belen fel hances
bapur. Gwyddai Gwen y byddai gweddill y galarwyr yn
dod allan gyda hyn ac arweiniodd Bet mor gyflym a
thyner ag y gallai i gyfeiriad y car. Doedd hi ddim wedi
arfer ei gweld fel hyn, mor fregus a diymadferth. Roedd
tu mewn i'r car yn chwilboeth yng ngwres yr haul, a
phrysurodd Gwen i agor y drysau a'r ffenestri. Roedd cael
rhywbeth ymarferol i'w wneud yn ei chysuro hithau, yn
gwneud iddi deimlo'i bod hi'n dda i rywbeth. Doedd
geiriau ddim yn ddigonol. Doedden nhw ddim yn ffurfio'n
iawn yn ei hymennydd, a hyd yn oed pan feddyliai am
rywbeth, doedd o ddim yn cyrraedd ei cheg yn ddigon
buan. Llwyddodd i oeri digon ar y car fel eu bod yn gallu
eistedd ynddo'n weddol gysurus. Car Bet oedd o. Hi oedd
wedi dreifio yno. Roedd ganddi reolaeth arni ei hun pan
oedden nhw'n cychwyn i'r cynhebrwng. Doedd yr un o'r
ddwy wedi dychmygu y byddai hi'n cael ei llorio i'r fath
raddau. Damia Harri a'i lythyr sentimental, slwtshlyd. Rêl
dyn. Hunanol. Meddwl am neb arall ond y fo'i hun. Dangos
ei hun hefo'i eiriau ffansi. Tynnu sylw ato fo'i hun, ac yntau
yn ei arch. Doedd dim byd yn gallu'i gyffwrdd o rŵan, nag
oedd? Bet oedd ar ôl, yn ysgwyddo'r cyfan, yn cael ei
gorfodi i ail-fyw'r gorffennol. Er mor dlws oedd ei eiriau
olaf, ni allai Gwen lai na beio Harri am fod mor ddifeddwl.

Roedd car Bet yn ddiarth iddi. Os oedd Bet wedi sylwi
ar y cychwyn herciog ddywedodd hi ddim byd. Yn araf
bach daeth Gwen i gynefino, a hyd yn oed i fwynhau'r
dreifio ymhen ychydig. Cafodd hyd i fotwm yr *air con* a
rhyfeddu pa mor gyflym yr aeth y system awyru i'r afael
â'r gwres popty annioddefol a chreu awyrgylch brafiach o
fewn munudau. Mor wahanol i'r rhacsyn o gar oedd

ganddi hi. Cofiodd yn sydyn fod hwnnw'n dal i fod tu allan i fynwent Pen Rhyd. Anadlodd yn hir, ac roedd croen ei phen yn teimlo'n dynn o hyd lle roedd y briw. Doedd yna ddim byd wedi bod yn ei bywyd yn ddiweddar ond marwolaeth a mynwentydd. Ar wahân i'r sioc a gafodd pan ddywedodd Nyrs Rhian wrthi am y babi. Doedd hi ddim wedi sôn dim wrth Bet eto am ei beichiogrwydd. Doedd hi ddim wedi cael cyfle ac roedd hi'n hen ddigon buan i hynny beth bynnag. Doedd hi ddim hyd yn oed wedi cael cyfle i ddweud wrth Rhydian.

Sylweddolodd yn sydyn fod ei ffôn wedi'i ddiffodd ac yn fud yn ei bag. Doedd hi ddim wedi cofio'i tsiecio fo. A dweud y gwir, doedd hi ddim wedi meddwl amdano fo ers meitin. Dyma'r hiraf iddi hi fynd erioed heb edrych ar ei ffôn ers iddi hi a Rhydian gyfarfod.

9

Roedd Gwen wedi cymryd ei hamser i lapio'r anrheg yn ofalus. Roedd eisoes wedi sylwi bod gan Bet bethau yn ei chegin wedi'u gwneud o lechen – matiau a chôsters a rhywbeth i ddal wyau. Plât i ddal cacennau oedd hwn ac eto'n rhywbeth mwy na dim ond plât. Dwy lechen sgwâr, un uwchben y llall – perffaith ar gyfer y *cupcakes* bach del hynny roedd Bet mor hoff ohonyn nhw. Roedd Gwen wedi prynu dwsin o'r rheiny hefyd o'r siop fara fach chwaethus oedd y drws nesaf i Gaffi'r Bont, i fynd hefo'r stand teisennau. Fe gymerodd amser maith hefyd i ddewis cerdyn pen-blwydd oedd yr un mor chwaethus â'r anrheg. Penderfynodd yn y diwedd ar gerdyn heb unrhyw gyfarchion a llun o gacen fach binc a cheiriosen arni ar blât blodeuog. Perffaith. Yna defnyddiodd ruban a blodyn sidan pinc i gydweddu â'r papur lapio drud. Roedd yn rhaid iddi gyfaddef ei fod yn edrych yn bresant hynod ddeniadol.

Roedd y degfed ar hugain o Orffennaf wedi dod yn sydyn, meddyliodd Gwen, a diolchodd am hynny. Bu hwn yn fis digon cythryblus: yn eithafion o gawodydd taranau a phyliau annioddefol o wres, y mis y bu farw Harri, y mis y collodd hithau ei gwaith. A'r mis y penderfynodd tad ei phlentyn dorri pob cysylltiad â hi.

Wyddai Rhydian ddim oll am y babi, ac oni bai ei fod o'n cysylltu â hi'n gyntaf doedd dim modd iddi roi gwybod iddo. Nid trwy decst yr oedd torri newydd fel hyn. Meddyliodd unwaith neu ddwy y dylai hi fynd i'w gartref, curo ar ei ddrws a dweud y cyfan. Onid dyna oedd ei chynllun ar un adeg beth bynnag? Ond wrth iddi ystyried y peth mewn gwaed oer dechreuodd y syniad droi arni. Mewn ffordd od, yn hytrach na hiraethu, teimlai Gwen ei bod hi'n raddol bach yn pellhau oddi wrtho, oddi wrth yr hyn y tybiasai iddo fod. Roedd ei oerni wedi'i siomi a'i dychryn. Daeth y plentyn yn ei chroth yn bwysicach nag unrhyw beth arall, yn bwysicach na dial. Yn bwysicach hyd yn oed na Rhydian ei hun.

Roedd hi'n bwriadu cadw'r plentyn. Doedd dim dwywaith am hynny, rŵan fod Bet yn gymaint o gefn iddi ac yn rhan mor bwysig o'i bywyd bellach. Roedd Gwen wedi cyfaddef y cwbl wrthi drannoeth y cynhebrwng. Er ei bod hi'n dal yn noson gynnes a'r ddwy ohonyn nhw'n eistedd tu allan hefo'u paneidiau roedd y gwynt o'r môr yn mynnu eu sylw drwy ysgwyd y bwrdd fel ci cynffonnog a'u gorfodi i dynnu eu siacedi'n dynnach amdanynt. Gwrthod gwydraid o win a wnaeth Gwen. Doedd dim angen esbonio rhagor.

Tywalltodd Bet wydraid o'r Sauvignon Blanc o Seland Newydd iddi ei hun. Roedd hyd yn oed gwydr gwyrdd y botel ei hun yn chwaethus. Dyna'r peth hyfrytaf yn ei chylch – y ffaith ei bod hi mor werthfawrogol o'r pethau gorau mewn bywyd ac nad oedd unrhyw arlliw o snobyddiaeth yn perthyn iddi o gwbl. Mor hawdd fyddai iddi ei dangos ei hun i rywun mor ddi-nod â fi, meddyliodd Gwen. Ei chartref, ei dillad, ei gwin. Ond roedd ganddi ffordd ddiymhongar wrth ddangos pethau, wrth gyflwyno pethau.

'Gan Harri y dysgais i bopeth y gwn i amdano am winoedd,' meddai Bet. 'Mi fu'n perthyn i ryw glwb gwin ar un adeg. Yn dod â photeli ohono i mi'n rheolaidd. Cyn hynny dim ond dau fath o win y gwyddwn i amdanyn nhw – coch a gwyn! Bechod na fedri di mo'i flasu o am dipyn. Efallai na fyddai un cegiad yn gwneud dim drwg, cofia.'

Roedd fflach o ddireidi yn y sylw olaf. Am ennyd cafodd Gwen gip ar hyn a dybiai fuasai'r hen Bet. Y Bet ieuengach, lawn hiwmor, yn denu calon Harri Anwyl. Y Bet fyrbwyll, fyrlymus, nwydus. Hoffai Gwen feddwl bod honno'n dal i fodoli yn rhywle o dan y doethineb tawel. Wrth syllu yn ei blaen ar y tonnau llwydwyn yn eu tywallt eu hunain yn rhubanog yn erbyn y graig a safai yn y lli nid nepell o'r traeth islaw, sylwodd Gwen ar y deryn. Rhyw fath o grëyr talsyth yn silwét llyfn, mor llonydd â'r garreg ei hun. Y deryn ar y graig. Cofiodd Gwen eiriau olaf llythyr Harri, y llythyr na chyfeiriwyd ato ers y cynhebrwng. A'r dathlu ar y degfed ar hugain. Pen-blwydd Bet wrth gwrs. Mi fyddai hynny'n esbonio pam roedd hi'n yfed y gwin y byddai Harri'n arfer ei roi iddi heddiw. Onid dyma'r cyfle perffaith i nôl yr anrheg a'r cerdyn? Cododd Gwen a gadael y bwrdd, a dychwelyd hefo'r parsel pinc.

'Pen-blwydd hapus, Bet!'

Roedd golwg ddiddeall ar wyneb Bet a mentrodd wên fach ansicr.

'Pen-blwydd?'

'Wel, ia, y degfed ar hugain, yndê? Fel y soniodd – Harri . . .'

Diferodd geiriau Gwen a sychu'n syth ar ei gwefus fel cynffon cawod ar ddiwrnod o haf. Nid dyma'r ymateb a ddisgwyliasai.

'O, Gwen, Gwen fach, feddylgar. Ond nid heddiw mae fy mhen-blwydd i.'

Wrth gwrs. Sut gallai hi fod wedi bod mor wirion? Roedd hi wedi cael y mis anghywir, yn doedd? Dim ond oherwydd geiriau olaf Harri. Roedd ei hymennydd yn dechrau piclo'n barod oherwydd ei beichiogrwydd, mae'n rhaid. Sut gwyddai Harri mai ym mis Gorffennaf y byddai farw beth bynnag? A hithau wedi cymryd y peth mor ganiataol. Sôn am fod yn het wirion, ddwl! Cronnodd y dagrau'n rhy sydyn iddi allu eu celu.

'Rêl fi, yndê? Byth yn meddwl am bethau'n rhesymegol.' Ceisiodd ddod ag ysgafnder i'w llais a methu. 'O, wel, dwi'n dal isio i chi gael hwn, Bet. Pe bai'n ddim ond i ddweud diolch am bopeth.' Gosododd yr anrheg ar ganol y bwrdd heb godi'i llygaid. Chwaraeai'r awel â godre'r rhuban pinc. Roedd hi wedi mynd i gymaint o drafferth. Doedd lapio presantau ddim yn un o'i chryfderau ond roedd hi wedi gwneud ymdrech arbennig gyda hwn ac wedi llwyddo'n rhyfeddol.

'Tyrd yn ôl i eistedd.' Amneidiodd Bet at y gadair wrth ei hymyl lle bu Gwen yn eistedd funudau ynghynt. 'Tyrd i mi gael esbonio.' Roedd ei llygaid hithau'n llaith ond roedd mwy o ddedwyddwch o'i chwmpas erbyn hyn. Doedd straen y dyddiau diwethaf ddim mor amlwg yn llinellau ei hwyneb. Roedd rhywbeth yn nhro ei gwefus ac ym meddalwch ei geiriau'n awgrymu ei bod hi'n croesawu'r cyfle i siarad, i hel atgofion.

Mynnodd agor ei hanrheg yn gyntaf, a lleddfodd hynny beth ar anghysur Gwen. Bet annwyl, ddoeth, wastad yn gwybod beth oedd orau i'w wneud. Gresynai Gwen nad oedd hi'n fwy felly. Pe bai hi'n debycach yn ei ffordd i Bet, efallai na fyddai hi wedi gadael i'w chariad lithro o'i gafael.

'Sut ydach chi'n ei wneud o, Bet?' Roedd y geiriau wedi llithro allan cyn i Gwen sylweddoli ei bod hi wedi'u hynganu.

'Gwneud be?' Roedd hi'n dadlapio'n ofalus, yn gwneud synau gwerthfawrogol am y rhuban a'r papur cyn iddi ddod at yr anrheg o gwbl. 'Mae hwn yn berffaith, Gwen. Ac rwyt ti wedi gofalu am gacennau bach hefyd!'

Ond mynnodd Gwen ddychwelyd at ei chwestiwn. Gan iddi fagu digon o hyder i'w ofyn doedd hi ddim am golli'r cyfle i bwyso yn ei blaen.

'Y ffordd rydach chi'n denu pobl tuag atoch. Gwneud

iddyn nhw deimlo'n sbesial. Mi oedd Harri'n ddyn lwcus.'

Roedd o'n wir, meddyliodd Gwen. Roedd gan Bet ddawn arbennig o wneud i bobol deimlo'u bod nhw'n cael eu gwerthfawrogi, rhyw ffordd o wrando a wnâi i chi deimlo fod gennych chi rywbeth o bwys i'w rannu gyda hi. Pan oeddech chi'n siarad hefo hi, chi oedd yn bwysig a neb arall, chi a'ch stori. Fe wyddech fod ganddi ddiddordeb ynoch. Diddordeb go iawn. Doedd yna ddim byd yn ffug amdani. Dim ffalsio. A'r wên honno, y math o wên y gwyddoch ei bod hi yno'n barod tu mewn iddi, a'i bod yn gwenu arnoch cyn i'w gwên gyrraedd ei hwyneb. Doedd harddwch felly ddim i'w gael mewn bocs o baent a phowdwr.

'Does yna ddim byd yn sbesial amdana i, Gwen fach.' Roedd hi'n ei wneud o eto, y pethau bach hynny. Defnyddio'ch enw chi. Chi, dim ond chi. Dyna ran o'r hud. 'Mi oeddan ni'n dau'n lwcus iawn i gael hyd i'n gilydd. Faswn i ddim yn newid dim.' Saib. Y wên honno y byddai pobol yn disgwyl amdani. Fflach o ddireidi. 'Wel, un peth, efallai.'

Gwyddai'r ddwy mai at Beryl roedd Bet yn cyfeirio. Llaciodd y tensiwn yn Gwen. Roedd Bet wedi llwyddo i godi'r cwmwl unwaith yn rhagor. Meddyliodd am gael mam fel Bet. Doedd hi ddim yn deall y pellter oer yr oedd Elliw wedi mynnu ei osod rhyngddyn nhw. Ni allai Gwen ddychmygu digio hefo Bet, hyd yn oed pe bai'n darganfod ei bod hi'n llofrudd. Ond stori at eto oedd honno. Roedd y deryn yn dal yno, yn rhy llonydd, bron, i fod yn greadur byw.

'Hwnna oedd o? Y deryn ar y graig?'

Dilynodd Bet ei golygon.

'Wel, ia, mewn ffordd.' Chwarddodd yn sydyn, chwerthiniad bach bregus fel gwydryn yn torri. 'Nid dyna'r union dderyn welson ni, cofia, neu mi fasai'n tynnu'i bensiwn erbyn hyn. Ond mae yna dderyn tebyg i hwnna wastad wedi bod ar y graig yna. Mae'n rhaid ei fod o'n llwyfan bach braf i oedi arno fo. Mi fu yna un yn sefyll yno am oriau unwaith. Harri a finna'n rhyfeddu ato, at ei allu i fod mor llonydd.' Dyfynnodd: '"A'r garan ar y goror, Draw ymhell, drist feudwy'r môr".'

'Harri ddywedodd hynna?'

'Wel, mi oedd Harri'n dyfynnu'r llinell bob tro y gwelai'r deryn. Ond na, nid Harri sgwennodd y rheina. Maen nhw'n perthyn i rywun chydig bach mwy nodedig, mae arna i ofn.'

Ond ni theimlodd Gwen fod Bet yn tynnu unrhyw sylw at ei hanwybodaeth drwy enwi'r bardd a gwneud iddi deimlo fel merch ysgol oedd heb adolygu ar gyfer prawf. Dyna beth arall amdani. Gwnâi i chi fod isio bod yn well person heb i chi sylweddoli hynny ar y pryd. Addawodd Gwen iddi'i hun y byddai'n cael hyd i enw'r bardd yn ystod y dyddiau nesaf, doed a ddelo. Nid i blesio Bet, ond i'w bodloni ei hun. Ciledrychodd Gwen arni a mentro ymhellach gan ei bod hi'n hapusach ei meddwl bod Bet yn cael cysur o hel atgofion amdani hi a Harri.

'Wel, dwi'n gwybod am y deryn rŵan,' meddai'n gyfrwys, 'ac am flodau'r haul. Mae'n siŵr fod yna arwyddocâd digon tebyg i glychau'r gog hefyd.'

'Oes, sti.' Chynigiodd hi ddim mwy o esboniad am y blodau hynny a doedd Gwen ddim wedi disgwyl iddi wneud. Taflodd Bet gipolwg slei yn ôl arni. 'Ond nid am y rheiny rwyt ti isio gwybod, naci?'

Roedden nhw'n dechrau deall ei gilydd.

'Pen-blwydd pwy ydi'r degfed ar hugain, 'ta? Pa fis?'

'Bob mis.'

A chofiodd Gwen eiriau'r llythyr. Y jôc fach honno nad

oedd modd dathlu'r degfed ar hugain ym mis Chwefror.

'Dydi o ddim yn ben-blwydd ar neb, felly?'

Cymerodd Bet lymaid arall o'r Sauvignon Blanc. Ei ddal ar ei thafod am ennyd.

'Ddim yn hollol. Pan ddaethon ni'n ôl at ein gilydd am yr eildro, roedd ein cyfarfyddiad cynta ni, ein "dêt" cynta os wyt ti isio'i alw fo'n hynny, ar y degfed ar hugain o'r mis arbennig hwnnw. Dyna wnaethon ni bob mis wedyn: dathlu'r degfed ar hugain. Roedd ein hamser ni hefo'n gilydd mor brin, ti'n gweld, mor werthfawr, fel bod pob mis yn golygu cymaint. Ambell waith, doedden ni ddim ond yn cael hanner awr mewn wythnos. Weithiau roedden ni'n fwy lwcus. Cael bore neu bnawn cyfan. Ac roedd y ffonau symudol 'ma gynnon ni'r ail waith, yn doedden? Wir, mi ddylai pawb sy'n bwriadu cael affêr fod yn berchen ar un. Cwbwl hanfodol. Wn i ddim sut llwyddon ni i gael perthynas y tro cynta hwnnw!' Difrifolodd. 'Doedd yna ddim diwrnod yn mynd heibio, bron, nad oedden ni'n cael rhyw fath o gysylltiad. Weithiau doedd o'n ddim byd ond y llythyren 'x' i ddynodi cusan ond roedd o'n golygu cyfrolau i ni.'

Gresynai Gwen na allai hithau gyfranogi o'r gwin. Gwyddai wrth wrando nad oedd yr hyn a fu rhyngddi hi a Rhydian yn ddim o'i gymharu â pherthynas Harri a Bet. Daeth rhyw drymder i feddiannu'i chorff. Ai tristwch oedd o, ynteu rhyw fath o genfigen? Ac eto, nid hynny chwaith, achos ni allai yn ei byw deimlo'n genfigennus o Bet. Rhyw hiraeth od oedd o am rywbeth na chawsai hi go iawn. Roedd wedi'i thwyllo'i hun fod Rhydian yn ei charu am mai dyna roedd hi'n ei ddeisyfu'n fwy na dim. Am ei bod hi wedi caru Rhydian yn fwy na dim. Yn fwy na neb. Roedd y ffin mor denau. Dim ond rŵan, a'r pellter rhyngddyn nhw, y gallai hi weld pethau'n glir. Bu'r cyfan mor unochrog. Roedd hi'n sylweddoli hynny'n awr. Doedd ganddyn nhw mo'r hud, y rhamant a berthynai i fyd Bet a Harri. Doedd yna ddim blodau, dim adar, dim arwyddion bach cyfrinachol, cudd, nad oedd neb yn eu deall ar wahân iddyn nhw ill dau. Doedd yna ddim hiraeth ar y ddwy ochr ar ôl gwahanu, doedd yna ddim o'r teimlad angerddol, anorchfygol hwnnw o fethu byw heb rywun arall. Felly y bu hi i Bet. Doedd hi ddim wedi amau teimladau Harri am eiliad. Roedd y cwlwm yn dynn. Deunydd hen ffilm ddu a gwyn. Stori garu go iawn. Doedden nhw ddim yn gelwydd bob tro. Roedden nhw i'w cael, ond roedden nhw'n brin.

'*The End of the Affair.*' Sylweddolodd ei bod hi wedi dweud y geiriau'n uchel.

'Cary Grant a Deborah Kerr.' Cododd Bet ei haeliau'n ymholgar. 'Dwyt ti ddim yn ddigon hen i gofio'r ffilm honno, debyg?'

'Wrth fy modd hefo hen ffilmiau: y cyfnod, y dillad, y rhamant – popeth. Y ffordd y trefnon nhw yn y ffilm 'na i gyfarfod ar ben yr Empire State Building. Es i drwy focs cyfan o disiws.'

'Fuo Harri a fi erioed ar ben hwnnw chwaith.'

'Doedd dim raid i chi fynd i fanno, nag oedd?'

Oedodd Bet cyn mynd i'r cyfeiriad arall.

'Mi ddoi di drwy hyn, sti, Gwen.'

'Doedd o ddim yn ddigon, Bet.'

'Be ti'n feddwl?'

'Fi a Rhydian. Roeddwn i'n ei garu o nes ei fod o'n brifo. Ond doedd o ddim yn ddigon. Unochrog oedd o. Dwi'n gweld hynny rŵan. Ddim fel chi a Harri.'

'Doedd y berthynas honno ddim yn fêl i gyd, cofia. Ddim o bell ffordd.'

'Ond ddaru chi erioed ddifaru, naddo, Bet? Erioed amau beth oedd rhyngoch chi?'

'Mi wnawn i'r cyfan i gyd eto,' meddai Bet yn dyner.

'Dyna lle dwi'n wahanol.' Roedd hi wedi oeri go iawn rŵan. Heb iddyn nhw sylwi roedd y deryn ar y graig wedi diflannu. 'Dwi'n difaru fy mod i wedi cyboli efo Rhydian Lewis erioed. Camgymeriad mwya 'mywyd i.' Gorfodai ei hun i gredu'r geiriau. Doedd yna ddim ffordd arall ymlaen bellach.

'Beth am y plentyn?' Edrychai Bet i fyw ei llygaid rŵan. 'Dyna sy'n bwysig erbyn hyn, Gwen. Dy fod ti'n gwneud y penderfyniad iawn. Nad ydi'r babi 'ma'n gamgymeriad hefyd. Dydi hi ddim yn rhy hwyr.'

Tynerwch oedd yn y geiriau. Byddai sawl un arall wedi llwyddo i wneud iddyn nhw swnio'n angharedig, ond nid Bet.

'Dyna sy'n anhygoel.' Tynnodd Gwen ei chardigan yn amddiffynnol o gwmpas ei bol. 'O'r munud y clywais i fy mod i'n disgwyl doedd gen i ddim amheuaeth. Dyma'r peth gorau i ddod o hyn i gyd. Y peth gorau ddigwyddodd i mi erioed. Dwi isio'r babi 'ma, Bet, yn fwy na dim. Yn fwy nag roeddwn i isio Rhydian erioed. Mae o'n rhan ohono' i a dwi'n dal fy ngafael.'

'Da'r hogan. Mae gan fywyd ei ffordd ei hun o ddatrys pethau, sti, Gwen. Dwi wastad wedi credu'n gryf fod popeth yn digwydd am reswm. Mae'n haws dygymod wedyn, yn haws mynd hefo'r lli os ydan ni'n derbyn na fedran ni ddim newid pob dim i'n plesio'n hunain ar y pryd.' Cydiodd Bet yn y botel win a'r hambwrdd a chodi ar ei thraed. 'Tyrd i'r tŷ, mae hi'n oeri. Y peth ola rwyt ti ei angen rŵan yn dy gyflwr di ydi annwyd. A ph'run bynnag, mae gen i rywbeth i'w drafod hefo ti.'

Roedd y gair 'trafod' ynddo'i hun yn ddigon i bryderu ryw gymaint ar Gwen ac yn ôl ei harfer roedd Bet wedi bod yn ddigon craff i sylwi ar hynny.

'Dydi o'n ddim byd o gwbl i ti boeni yn ei gylch, Gwen. Wedi bod yn meddwl ydw i. Wedi cael syniad, a hwnnw'n un arbennig o dda, os ca' i ddweud. Dim ond isio gweld a wyt ti'n cytuno ydw i, dyna i gyd.'

10

'Dyddiau, Gwen. Dydd ar ôl ar dydd. Doedd gen i'm syniad oeddet ti'n fyw neu'n farw.'

Gwyddai Gwen fod gan Eifion berffaith hawl i swnio'n bwdlyd. Byddai hithau wedi ymateb yn union yr un fath pe bai yntau wedi cymryd y goes yn ddirybudd ac anwybyddu pob galwad ffôn a thecst.

'Dwi wedi ymddwyn yn uffernol, Eifs.'

'Do.'

'Dy drin di'n wael.'

'Do.'

'Mae'n anfaddeuol.'

'Ydi.'

'Ond ti'n mynd i faddau i mi, yn dwyt?'

Tawelwch.

'Faset ti ddim yn fama heddiw tasat ti ddim.'

Roedden nhw'n sefyll ar fin y dŵr ar y traeth caregog oedd o flaen tŷ Bet. Roedd y llanw'n isel a'r gorwel yn bell a gwastad fel llinell mewn llyfr.

'Hon yn byw mewn lle braf.'

'Paid â throi'r stori. A Bet ydi'i henw hi.'

'Wn i ddim pam rwyt ti mor amddiffynnol ohoni. Heblaw amdani hi fasat ti ddim wedi colli dy job.'

Roedd o'n dal yn bigog. Gweithiodd hithau arno'n araf. Mentro llithro'i llaw drwy'i fraich.

'Ia, ond mae hi wedi cynnig un arall i mi, tydi? Un well.'

'Teipio rhyw bapura boring. Llnau'i thŷ hi. Mynd i Tesco yn ei lle hi.' Llwyddodd i wneud i'r cyfan swnio'n fychan a diflas. Daliodd Gwen ei thafod am rai eiliadau cyn pydru ymlaen. Gwyddai o brofiad y gallai Eifion fod yn waith caled pan oedd angen cymodi. Y 'diva' ynddo, meddyliodd Gwen. Cerflunydd y cacennau. Yn dawel fach roedd o'n hoffi'r sylw roedd hi'n ei roi iddo rŵan, yr holl grafu tin. Roedd arno'i hangen hi lawn cymaint ag yr oedd hi ei angen yntau ond roedd o'n benderfynol o ddal arni am ychydig bach hirach. Chwaraeodd Gwen y gêm. Welai hi ddim bai arno.

'P.A. ydi'r swydd ddisgrifiad, Eifs.'

'Gwranda arnat ti dy hun, myn uffar i. Swydd ddisgrifiad o ddiawl. Ti wedi mynd i siarad yn grand yr un fath â hi rŵan. Ac ers pryd wyt ti'n ysgrifenyddes beth bynnag?'

'Unrhyw glown yn medru teipio.' Ceisio ysgafnu pethau roedd hi, bod yn ddibris ohoni'i hun ond roedd o'n dal i wneud iddi ddioddef.

'Pam na wneith hi o ei hun felly, 'ta?'

Roedd y Gwen go iawn yn dechrau cael llond bol ac isio gweiddi ei bod hi'n lwcus i gael cynnig job o gwbl a bod hyn yn well nag unrhyw beth roedd hi wedi cael ei gynnig erioed beth bynnag. Cartref di-rent hefo golygfa ffantastig o'r môr, cefnogaeth a chwmni Bet ar gael yn barhaol a chyflog yn ei llaw mewn arian parod. Ond daliodd y Gwen edifeiriol, ddiymhongar ati am ychydig bach eto.

'Cricmala yn ei dwylo. Mae hi'n cael trafferth teipio'i gwaith ei hun ac mae ganddi nofel go swmpus ar y gweill. Fi fydd yn gwneud hynny iddi.'

'Pwy mae hi'n ei feddwl ydi hi – Barbara Cartland?'

Anwybyddodd Gwen y sylw.

'A bob yn ail hefo hynny mi fydda i'n edrych ar ôl y tŷ ac ati . . .'

'Howscipar felly.'

Roedd edifeirwch yn beth blinedig, ac roedd ei chefn yn dechrau brifo. Aeth y crafu a'r ymgreinio'n drech na hi. Roedd pen draw i bopeth.

'Gwranda, Eifion, galwa fo'n beth bynnag leci di. Y gwir

plaen amdani ydi fy mod i'n mynd i dderbyn y cynnig ac mae o'n mynd i fod yn waith brafiach o beth diawl na sychu tina hen bobol. Ma' hi'n iawn arnat ti yn dy blydi dillad Jamie Oliver yn malu cachu hefo jiwsars a blendars a sosbenni sgleiniog ac yn gwneud cwafars crand yn dy datw mash ac yn tostio crwtons trwy'r dydd! A dim chdi ydi'r un sy'n disgwyl babi chwaith.'

'Wel, ia, dwi'n gwybod bod pawb yn meddwl fy mod i'n gwneud pob dim yn well na dynas ond mi faswn i hyd yn oed yn cael diawl o job i 'nghael fy hun i'r cyflwr hwnnw!'

Edrychodd y ddau i fyw llygaid ei gilydd am rai eiliadau cyn i'r chwerthin ffrwydro rhyngddynt.

'A dydi'r hen bobol ddim yn bwyta crwtons. Mi fasa'n ddigon am eu dannedd gosod nhw.'

'Diolch am ddod draw, Eifs.'

'Ti'n gwybod fy mod i yma i ti.'

'Ydw. Eifs?'

'Be?'

'Ddoi di hefo fi i'r sgan?'

'Ydi arth yn cachu yn y coed?'

'Ti'n fêt.'

'Dwi'n gwybod.'

Yn araf bach fe gerddon nhw fraich ym mraich yn ôl at y tŷ lle gwelson nhw Bet yn codi ambarél haul uwchben y bwrdd tu allan ac yn gwneud arwydd arnyn nhw i frysio at eu cinio. O ddyfnderoedd ei phoced daeth sŵn o'i ffôn. Neges destun.

'Ti am ateb hwnna?'

'Does 'na'm brys.'

'Ella'i fod o'n bwysig.'

Gwasgodd Gwen ei fraich.

'Mae popeth pwysig gen i'n fan hyn.'

11

Doedd cau'r drws ar ei fflat fechan dywyll ddim yn anodd i Gwen bellach. Doedd ganddi fawr o atgofion i'w trysori. Bu adeg pan oedd meddwl amdani hi a Rhydian yn caru o dan y dwfe pabis cochion yn ddigon i'w chynnal am ddyddiau. Erbyn hyn, lle i adael ei hunllefau ar ôl ynddo oedd y llofft honno. Doedd hi ddim wedi cael ei phoenydio ganddyn nhw ers iddi fynd i aros at Bet. Gadawyd y rhan fwyaf o'r dodrefn yno, ar wahân i ddwy gadair a bwrdd bach dal-panad-wrth-fraich-soffa. Am unwaith diolchodd Gwen ei bod hi'n berchen ar gyn lleied. Roedd ei char hi a char Eifion yn llawn dop fel roedd hi – o ddillad a chlustogau a chelfi cegin.

'Fydda i ddim angen hanner y rhain chwaith. Mae gan Bet bopeth.'

'Ti'n lwcus i'w chael hi, Gwen.'

'Mi rwyt ti wedi newid dy gân.'

'Ia, wel. Wedi gwylltio hefo chdi oeddwn i ar y pryd, 'de? Ti'n edrych yn hapusach nag wyt ti wedi'i wneud ers tro byd. Mae disgwyl babi'n gweddu i ti.'

Roedd o'n dweud y gwir. Roedd hi'n hapusach. Dri mis yn ôl, hyd a lled ei hapusrwydd oedd hanner awr yng nghwmni Rhydian. Doedd hi ddim wedi'i weld o gwbl nac wedi clywed gair ganddo ers y diwrnod ofnadwy hwnnw yr aethpwyd â hi mewn ambiwlans o faes parcio mynwent Pen Rhyd. Pan aeth hi'n ôl yno hefo Bet i nôl ei char, fe aethon nhw ill dwy â blodau ar fedd Arwel. Roedd hynny'n gam mawr ymlaen i Gwen, ond doedd hi ddim wedi bod mewn cysylltiad â'i mam ers diwrnod yr ymosodiad. Nid Rhydian oedd yr unig un na wyddai am ei beichiogrwydd. Hyd yn oed pan gyrhaeddodd y llythyr yn ei hysbysu o'i diswyddiad, roddodd hi mo'i chalon i lawr, dim ond teimlo rhyddhad nad oedd gan deulu Harri unrhyw awydd mynd â'r mater ymhellach.

Llwythodd Eifion y lamp olaf i fŵt ei gar.

'Faint o'r gloch mae dy sgan di?'

'Ddim tan dri. Mae yna hen ddigon o amser i fynd â'r rhain adra.'

Sylwodd Eifion fod y gair 'adra' wedi dod yn rhwydd iddi wrth iddi gyfeirio at dŷ Bet. Roedd hynny'n gam ymlaen hefyd.

'Ti'n siŵr na fasai hi ddim yn well gen ti gael Bet? Mi faswn i'n dallt, sti.'

'Eifs?'

'Ia?'

'Be ddudist ti fod eirth yn ei wneud yn y coed?'

*   *   *

Rhegodd Eifion o dan ei wynt. Y peth gwaethaf ynglŷn ag uned famolaeth yr ysbyty oedd y drafferth i gael hyd i le parcio cyfleus. Roedd Gwen yn naturiol nerfus, felly roedd yntau'n benderfynol o beidio achosi mwy o stres iddi.

'Ti'n siŵr nad wyt ti isio i mi dy ollwng di wrth y fynedfa'n gynta a mynd i chwilio am le rhag ofn i ti fod yn hwyr.'

Daeth teimlad cynnes dros Gwen. Chwarae teg iddo. Roedd o'n bod yn od o feddylgar.

'Na, mae yna hen ddigon o amser. Dal arni am funud. Dim ond amynedd sydd isio.'

Ar y gair daeth lle parcio'n rhydd, bron yn syth o'i blaenau. Popeth yn mynd o'u plaid, meddyliodd Gwen. Dechreuodd ymlacio. Roedd ganddi deimlad da am heddiw, a pham lai? Roedd ganddi gartref newydd, swydd newydd, plentyn ar y ffordd a chefnogaeth dau o'r ffrindiau gorau posib. Roedd y cwmwl a amgylchynai

Rhydian a'i mam yn ei meddwl, er nad oedd wedi llwyr ddiflannu, yn dechrau cilio. Ac yn raddol bach, gyda chymorth Bet, roedd hi'n dechrau dod i delerau o'r diwedd â damwain ei brawd. Oherwydd dyna'r cyfan oedd hi. Damwain. Roedd hi wedi'i beio'i hun yr holl flynyddoedd 'ma, wedi cadw'r cyfan tu mewn iddi'n un cnotyn caled o boen. Ac ar ei mam roedd y bai, os oedd bai ar rywun. Gallai weld hynny nawr. Roedd hi wedi mynnu cael bwch dihangol a phwy well i'w dal yn gyfrifol ond Gwen? Dyna'r unig ffordd roedd ei mam wedi gallu dygymod â cholli Arwel. Meddyliodd Gwen pa mor wahanol fyddai pethau iddi pe na bai hi wedi mynnu ymddwyn fel y gwnaethai, a chymaint o gysur iddi fyddai'r ŵyr neu'r wyres fach newydd yma pe bai pethau'n iawn rhwng y ddwy ohonyn nhw. Oni bai am garedigrwydd Bet roedd Gwen yn amau a fyddai hithau wedi dygymod â phopeth oedd wedi digwydd yn ei bywyd hyd yn hyn. Bu Bet yn well na mam iddi yn ystod yr wythnosau diwethaf.

'Rwyt tithau fel merch i minnau erbyn hyn, Gwen.' Dyna ddywedodd Bet wrthi. 'Anghofia innau byth yr hyn a wnest dithau i mi.'

Fel merch. Roedd llun o Elliw a'i phlant ar y dreser yn yr ystafell fyw. Hen lun erbyn hyn, tybiai Gwen. Roedd pawb yn y llun yn iau nag y dylen nhw fod heddiw. Sylwodd hi ddim ar unrhyw alwad ffôn o Awstralia yn ystod yr amser y bu hi'n byw hefo Bet, er ei bod hi'n gwybod bod Bet wedi trio ffonio yno unwaith neu ddwy, ond heb unrhyw lwc.

'Yr oriau sy'n wahanol yno, yndê? Maen nhw'n brysur, siŵr o fod.' Rhyw gysur gwag felly roedd Bet yn ei gynnig iddi'i hun ac roedd Gwen yn corddi wrth feddwl am ddifaterwch y ferch afradlon a'i theulu. Er na fyddai hi'n breuddwydio brifo Bet drwy feiddio gweld unrhyw fai ar

Elliw, roedd popeth a glywsai amdani hyd yn hyn yn peri iddi gredu fwyfwy fod y ferch yn dipyn o ast. Beth bynnag oedd wedi digwydd rhyngddi hi a'i mam, doedd Bet ddim yn haeddu hyn. Beth pe bai ganddi fam fel sydd gen i? meddyliodd Gwen yn chwerw.

Roedd yr uned famolaeth yn brysur. Diolchai Gwen fod Eifs wedi dod yn gwmni iddi. O leiaf, i olwg y byd, roedd ganddi hithau ddyn hefo hi. Gwyddai mai hurt oedd meddwl felly, ond yn ddistaw bach doedd hi ddim isio edrych yn wahanol i'r merched eraill oedd yn eistedd hefo'u gwŷr neu eu partneriaid yn aros eu tro. Doedd bod yn feichiog ac yn sengl ddim yn annerbyniol y dyddiau hyn nac yn anghyffredin. Rhywbeth personol oedd o. Balchder o ryw fath. Doedd hi ddim isio i bobol eraill feddwl nad oedd ganddi neb. Roedd Eifion yn dal ac yn olygus, a phe na bai o'n hoyw mi fyddai o'n dipyn o gatsh. Teimlai Gwen yn eithaf balch o'i gael yn eistedd wrth ei hochr. Wyddai neb beth oedd y sefyllfa go iawn a doedd hithau ddim yn bwriadu eu goleuo nhw. A phe bai hi'n hollol onest, dyma oedd y gwir reswm dros ofyn i Eifion ddod i'r sgan ac nid Bet. Doedd hi ddim yn disgwyl gweld neb roedd hi'n ei adnabod p'run bynnag. Gwasgodd Eifion ei llaw'n gefnogol a rhoi winc sydyn arni. Gwenodd hithau'n gam ac eistedd yn ôl yn brafiach yn ei chadair. Doedd hi ddim wedi cyfaddef ei rhesymau hunanol a lled dwyllodrus iddo fo, wrth gwrs, ond doedd o ddim yn wirion. Tybiai ei fod yntau hefyd yn ddistaw bach yn mwynhau actio rhan y darpar dad.

Roedd hi'n teimlo'n swrth ac roedd y mynd a dod a'r prysurdeb yn yr ystafell aros ddiffenest yn ei hannog i gau'i llygaid am dipyn a chau'r darlun allan am y tro. Roedd Eifion erbyn hyn a'i ben mewn cylchgrawn a sgwrs pawb o'u cwmpas fel pe bai'n bygwth mynd yn hesb hefyd. Yna clywodd yr enw nesaf yn cael ei alw, enw a barodd iddi eistedd yn syth yn ei chadair ac agor ei llygaid led y pen.

'Bethan Lewis?'

Roedd sawl Bethan Lewis yn y byd ond dim ond un y gwyddai Gwen amdani. Cododd cwpwl ffasiynol ym mhen draw'r coridor lle roedd mwy o seddi. Roedd gwallt hir y ferch yn sgleinio fel hysbyseb siampŵ, yn sgleinio fel roedd o ym maes parcio'r cyngor sir dro byd yn ôl pan oedd ei gŵr chwerthinog yn ei hebrwng at ei gar. Dechreuodd Gwen deimlo'n benysgafn.

'Eifs?' Roedd o'n dal i fodio drwy'r cylchgronau ar y bwrdd, heb sylwi ar ddim. Gafaelodd yn ei lawes. 'O mai god, Eifs. Sbia.'

Roedd Rhydian yn edrych yn iau na'i oed mewn jîns golau a chrys-T gwddw 'V' oedd yn dangos addewid o fwy o liw haul dros weddill ei gorff. Roedd ei ymweliadau cyson â'r jym wedi talu ar eu canfed. Teimlodd Gwen gyllell o genfigen ym mhwll ei stumog, ond trodd y cenfigen hwnnw'n gymysgedd chwerw o rywbeth arall oedd yn prysur godi cyfog arni – sioc, atgasedd, dicter, siom. Dyna'i reswm o felly am dorri pob cysylltiad â hi, a hynny heb unrhyw eglurhad. Roedd Bethan, gwraig Rhydian, yn feichiog hefyd. Y cachwr. Roedd hi'n wir nad oedd hi wedi medru ateb ei decsts o'n syth bryd hynny a hithau yn yr ysbyty'n cael trin y clwyf ar ei phen, ond doedd hynny'n ddim byd newydd yn eu sefyllfa nhw. Gwyddai Rhydian hynny'n burion. Yn nyddiau cynnar eu perthynas mi fyddai wedi dal i drio a thrio nes llwyddo i gysylltu. Ond roedd wedi dewis troi hyn arni hi a chymryd mai hi oedd wedi pwdu hefo fo. Cyfleus iawn. Dim ond oherwydd nad oedd ganddo'r asgwrn cefn i gyfaddef ei fod o'n dal i gael rhyw hefo'i wraig. Nid bod Gwen wedi meddwl am funud nad oedd o ddim yn dal i wneud hynny mewn gwirionedd. Ond roedd hi wedi dewis ei thwyllo'i hun, wedi hyd yn oed ei hargyhoeddi'i hun mai dim ond gwneud ei ddyletswydd oedd o rhag i Bethan amau bod rhywbeth o'i le yn eu priodas, wedi'i hargyhoeddi'i hun mai disgwyl am y cyfle iawn i ddweud wrth Bethan amdani hi, Gwen, yr oedd o a'i fod o'n gohirio'r gorchwyl erchyll ond anorfod o adael ei deulu. Ac yn lle hynny roedd o'n brysur yn creu mwy o deulu, gan wybod nad oedd ganddo mo'r bwriad lleiaf o adael ei wraig a'i blant a'i fywyd moethus.

'Y basdad!' Sibrydiad oedd o, rhyw chwythiad neidr rhwng ei ddannedd nad oedd hi wedi llawn sylweddoli iddi ei ddweud yn uchel. Teimlodd law Eifion ar ei braich.

'Paid, Gwenni.' Yr enw roedd o'n ei galw pan oedden nhw'n blant yn llithro allan yn ei gonsýrn amdani.

Yna trodd Rhydian ei ben ar hap a sylwi arni. Rhewodd yr awyr rhyngddyn nhw. Eiliadau oedden nhw ond roedden nhw'n ddigon iddi weld y braw sydyn ar ei wyneb: y sylweddoliad, y sioc. Ar amrantiad trodd yn ôl at ei wraig a gwneud rhyw ystum chwithig o estyn ei law tuag ati wrth iddi gerdded o'i flaen. Ond roedd yna rywbeth wedi newid yn ei osgo, rhywbeth bach, bach ond roedd o yno. Rhywbeth na fyddai'n creu helynt yn syth fel ergyd gwn, ond rhywbeth oedd wedi'i blannu'i hun yn dawel ynddo yn ystod yr eiliadau hynny, rhywbeth fyddai'n gweithio'n araf cyn gadael ei ôl fel hoelen mewn teiar.

Doedd hi ddim am adael i hyn ei thaflu oddi ar ei hechel. Doedd fiw iddi. Anadlodd yn ddwfn.

'Tyrd i mewn hefo fi, Eifs. Plis?'

Roedd y nyrs glên, y cyffro, y jeli oer ar ei bol ac Eifion â'i ffraethineb arferol i gyd wedi helpu i ddod â hi'n ôl i dir gwastad. Ac roedd gweld y bywyd bach newydd yn egino tu mewn iddi wedi mynd â'i gwynt. Roedd hyd yn oed Eifion â dagrau yn ei lygaid.

Mynnodd gael gwybod beth oedd rhyw'r babi. Roedd hi wedi cael digon o syrpreisys ac roedd hi am fod yn barod ar gyfer hwn. Chafodd hi mo'i siomi. Roedd edrych ymlaen at fynd adra a dweud wrth Bet ei bod hi'n mynd i gael merch wedi gwthio Rhydian yn glir o'i meddwl. Ac roedd y ffaith mai babi Ebrill fyddai hi yn rhywbeth mwy arbennig fyth, yn ei chlymu hi a Bet rhwng dau wanwyn.

Roedden nhw ar eu ffordd i'r car pan sylweddolodd Gwen ei bod hi wedi anghofio'r cerdyn bach hefo llun y sgan ynddo ar y ddesg yn y dderbynfa.

'Mae'n rhaid i mi'i gael o, Eifs, neu mi eith ar goll!'

'Wyt ti isio i mi fynd?'

'Na, dydi o ddim yn bell. A ph'run bynnag, dwi ffansi diod oer o'r peiriant cyn i ni gychwyn.'

Doedd dim problem hefo'r llun. Roedd o'n saff gan y ferch yn y dderbynfa. Y peiriant diodydd oer oedd yn creu anhawster iddi. Y botel wedi mynd yn sownd a hithau wedi bwydo'i harian i'r slot. Pe na bai hynny wedi digwydd byddai hi allan o'r adeilad mewn chwinciad. Fyddai hi ddim wedi'i weld o. Eiliadau.

'Gwen?'

Trodd i wynebu'i lais o. Roedd ei chalon wedi codi i'w gwddf, yn pwmpio, chwyddo, yn bygwth ei thagu. Ar ei frest o roedd hi'n edrych, ar siâp 'V' y crys-T o dan ei wddf. Roedd y deunydd cotwm llwyd fel pe bai'n dod yn nes ati a'r pwythau yng ngwead y dilledyn fel pe baen nhw o dan chwyddwydr. Pwmpio, chwyddo. Pwmpio, chwyddo.

'Fi piau fo, ia? Y babi? Fy mhlentyn i ydi o?'

Edrychodd arno wedyn, edrych i fyw ei lygaid. Arafodd ei chalon. Llyncodd. Anadlodd. Aeth popeth yn ôl i'w briod le. Disgynnodd y botel ddiod gyda chlec derfynol i'r cafn yng ngwaelod y peiriant.

'Naci, Rhydian. Fy mhlentyn i.'

12

Ni allai Gwen gredu bod deunaw mis o'i bywyd wedi mynd heibio mor gyflym, yn rhy gyflym efallai yng nghanol prysurdeb magu plentyn a dod i ben â phopeth arall iddi sylwi ar y dirywiad araf yn iechyd Bet. Roedd Lois fach yn flwydd oed, yn dechrau cael hyd i'w thraed a'i llais ac er y llawenydd diamheuol a ddeuai yn ei sgil roedd hi'n gallu bod yn waith caled ar brydiau. Teimlai Gwen nad oedd Bet yn cael y llonydd a'r seibiant y dylai hi fod yn eu cael yn ei hoedran hi ond mynnai honno fod Lois yn llenwi'r tŷ a'i bod hi wedi trawsnewid ei bywyd er gwell. Roedd ganddi feddwl y byd o'r fechan ac roedd Lois wedi rhoi'r cyfle iddi fod yn nain o'r diwedd. Prin y cyfeiriai at Elliw a'i theulu bellach. Ar wahân i'r llun ar y dreser, doedden nhw ddim fel pe baen nhw'n bodoli.

Bu'n ddiwrnod hir i Gwen. Roedd nofel Bet wedi cael ei hanfon at y cyhoeddwr o'r diwedd. Er mai dim ond ei theipio wnaeth hi, eto i gyd teimlai Gwen rhyw falchder anghyffredin dros y ddwy ohonyn nhw wrth edrych ar y cyfanwaith o'i blaen. Bu'n broses araf ar adegau, copïo pytiau o lawysgrifen Bet oddi ar ddarnau o bapur neu deipio'r hyn a ddywedai Bet i'r cyfrifiadur yn syth. Ond cyrhaeddwyd y dedlein a chafodd Gwen rhyw deimlad fod Bet wedi gallu rhyddhau ysbryd Harri i orffwys yn dawelach wrth iddi gau'r stori garu hon rhwng dau glawr.

Roedd Lois yn ei gwely ers awran go lew a gwyddai Gwen na fyddai Bet ryw lawer ar ei hôl. Roedd hi'n clwydo'n gynharach ac yn gynharach y dyddiau hyn, yn blino mwy ac yn llwyddo i wneud llai.

'Panad cyn i chi fynd i fyny, Bet?'

'Rwyt ti'n dda wrtha i, Gwen.' Suddodd i'w hoff gadair a wynebai'r tân isel. Roedd iasau môr Ebrill yn ormod iddi erbyn hyn. Bu amser pan fyddai hi wedi mynnu cael paned allan o dan yr ambarél gan groesawu ffresni'r awel tra oedd Gwen ei hun yn rhynnu mewn dwy gardigan. Ond rŵan doedd dim sôn am roi'r gorau i wneud tân glo a hithau'n wanwyn. Doedd dim dwywaith nad oedd colli Harri wedi torri ei hiechyd. Am y tro cyntaf edrychodd Gwen arni a gweld hen wraig.

'Dach chi'n ei golli o, yn dydach?'

Syllodd Bet i lygad y tân isel a disgynnodd marworyn i grombil y grât hefo sŵn fel ochenaid.

'Roeddwn i wedi'i golli o ymhell cyn iddo fo farw,' meddai. 'Yr hen salwch 'na.'

'Ond roedd o'n cofio weithiau.' Oni fu Gwen ei hun yn dyst i hynny? Elisabeth. Bet. Yr unig ferch i mi ei charu erioed. Dim cyfeiriad o gwbl at Beryl, ei wraig. Daeth y gwir allan yng nghanol y ffwndro, yr isymwybod yn datgelu cyfrinachau fel pe bai o'n siarad yn ei gwsg.

'Dwi'n sylweddoli rŵan, wrth edrych yn ôl.' Prociai Bet ryw fymryn ar y glo a hynny'n ddiangen. 'Pethau bach gwirion i ddechrau. Cymysgu geiriau wrth anfon tecst ar ei ffôn. Anghofio enwau pobol roedd o wedi'u nabod erioed. Trefnu pethau, addo pethau, ac anghofio amdanyn nhw'n syth.' Ei galw hi'n Beryl, a Beryl yn Bet. Soniodd hi ddim wrth Gwen am hynny. Roedd o'n rhy boenus. Dechrau'r diwedd. Ei gaethiwed i'w gartref. I'w wraig.

Roedd Bet wedi meddwl droeon fod dechrau'r salwch wedi bod yn gyfle perffaith i Beryl ddial ar Harri am ei anffyddlondeb. Yn ddiarwybod iddo'i hun roedd o wedi gollwng y gath o'r cwd wrth i'r salwch gydio'n dynnach yn ei ymennydd. Y pethau bach. Hel atgofion hefo Beryl, pethau na wyddai hi 'run dim amdanynt.

'Ti'n cofio'r clychau? Carped glas o glychau'r gog. Ogla'r

garlleg gwyllt hwnnw. Ninnau'n caru yn ei ganol o. Ti'n cofio, Bet?'

A Beryl yn ei swcro, yn caniatáu iddo'i bedyddio o'r newydd er mwyn clywed ei gyffes. Byddai'r alwad ffôn arteithiol honno'n aflonyddu ar Bet am weddill ei dyddiau.

'Dim ond i'ch sicrhau fy mod i'n gwybod amdanoch chi'ch dau, Bet. A bod yna fistar ar Mistar Mostyn erbyn hyn, dach chi'n gweld. Does yna byth ddrwg na ddaw o â daioni i rywun. Mae'r hen ddemensia 'ma wedi gwneud andros o gymwynas â mi, beth bynnag. Yn dial yn well arnoch chi'ch dau na fedrwn i byth. Mae jyst gwybod mai hefo chi mae o isio bod a'i fod o hyd yn oed yn credu ar adegau mai hefo chi mae o ac nid hefo fi yn rhoi pleser o'r mwya i mi. Am y tro beth bynnag.' Roedd dagrau Bet yn cloi'i llwnc, yn ei rhwystro rhag dweud dim. Manteisio ar wendidau eraill fu cryfder Beryl erioed a gwnaeth yn fawr o'r distawrwydd ar ben arall y lein i daro'i hergyd farwol. 'Mae'i hen ffwndro gwirion o wedi bod yn ddiddorol iawn, Bet, ond dwi'n dechrau cael llond bol arno fo rŵan. Tasa hyn wedi digwydd ddeng mlynedd yn ôl mi faswn i wedi rhoi cic allan iddo fo, ond pa bleser fyddai hynny wedi'i roi i mi ac yntau ddim ond yn dod atoch chi wedyn? Na, mae hyn yn rhoi lot mwy o foddhad i mi, ei sodro fo mewn cartref a gadael i rywun arall sychu'r glafoerion oddi ar ei ên o a gwrando arno fo'n rwdlian. O, gyda llaw, does ganddo fo ddim ffôn erbyn hyn chwaith. Mi ddisgynnodd ar lawr a finna'n digwydd rhoi fy nhroed arno'n ddamweiniol. Anffodus braidd.'

Cleciodd y derbynnydd yn ôl yn ei grud a gadawyd Bet yn fud. Cofiodd sut y trodd ei gofid yn rym ewyllys wedyn. Fyddai hi ddim yn caniatáu i wenwyn y wiber yna o wraig ei chadw draw oddi wrth Harri. Hyd byth. Dyna oedd mesur ei chariad tuag ato. Byddai'n cael hyd iddo eto, doed a ddelo.

Llais Gwen ddaeth â hi'n ôl at ei choed. Pan drodd ei golygon o grombil y marwor yn y grât fe sylwodd fod y ferch yn penlinio o'i blaen.

'Bet? Roeddech chi'n bell i ffwrdd. Ydach chi'n iawn?'

'Efallai mai Elliw oedd yn iawn wedi'r cwbwl,' meddai Bet yn araf. Swniai ei hanadl yn fwy llafurus erbyn hyn. Bu'n dioddef ers tro hefo anhwylder ar ei brest a oedd yn nhyb Gwen, er gwaethaf gwrthfiotigau'r doctor, yn boenus o araf yn clirio. 'Dynas ddrwg ydach chi, Mam. Dyna ddudodd hi. Dynas ddrwg ac mae yntau'n ddyn drwg, yn twyllo'i wraig fel'na. Jyst peidiwch â disgwyl i mi fod yna i chi pan eith pethau'n ffradach achos fydd gen i ddim iot o gydymdeimlad hefo chi.'

Dyna fo. Y gwir o'r diwedd. Achos y rhwyg rhwng Bet a'i merch hunangyfiawn, hunanol, meddyliodd Gwen.

'Doedd ganddi ddim hawl i'ch beirniadu chi fel'na.'

'O, oedd, sti. Roedd ganddi berffaith hawl. Mewn ffordd roedd hi'n dweud y gwir, yn doedd? Roeddwn i'n caru hefo gŵr dynas arall. Fi oedd yr un heb hawliau.'

'Dydi pethau ddim mor syml â hynny, nac'dyn? Dydi bywyd byth yn ddu a gwyn.'

'Ia, wel, mi rwyt ti'n dallt hynny, Gwen. Does yna ddim llawer o bobol sy'n gallu edrych ar sefyllfa felly o'r ddwy ochr, cofia. Ychydig o gydymdeimlad a fu erioed i'r "ddynes arall" pan fo dyn yn cael affêr.'

'Nid "affêr" gafoch chi, Bet, ond perthynas: perthynas gariadus, ramantus, ystyrlon. Mae yna wahaniaeth. Mi ddylwn i wybod.'

'Y sawl a fu a ŵyr y fan, ia, Gwen?'

'Mae'r rhan fwya o bobol yn deall beth ydi bod mewn cariad, Bet. Y drwg ydi na fedran nhw ddim dirnad sut

145

beth ydi bod mewn cariad hefo rhywun nad oes gynnoch chi hawl arno fo. Y rhai mwya lwcus yn eu perthynas eu hunain ydi'r rhai mwya beirniadol bob tro. Mae o'n gwneud i chi feddwl.'

'Efallai dy fod ti a fi'n meddwl gormod,' meddai Bet yn ysgafn.

Wrth gynnig ei braich iddi i'w helpu i godi o'r gadair sylweddolodd Gwen pa mor ysgafn a bregus oedd corff Bet o dan yr haenau gofalus o ddillad.

'Dwi am ei throi hi am y ciando, dwi'n meddwl. Wedi blino braidd.' Roedd hi'n wyth o'r gloch. 'Ac mi anghofia i am y banad 'na, dwi'n credu. Isio cychwyn yn reit fore fory am y dre. Am ofyn i'r doctor newid yr hen dabledi 'ma. O, a Gwen, tra ydw i'n cofio ...'

'Ia?'

'Yng nghwpwrdd y dreser mae yna hen focs sgidia hefo rhuban coch o'i amgylch o. Rhyw hen luniau a llythyrau ac ati. Os digwyddith rhywbeth i mi, dwi am i ti ei agor o'n syth. Wnei di addo hynny i mi?'

'O, Bet, peidiwch â siarad am bethau felly rŵan!'

'Wnei di addo? Plis?'

'Wrth gwrs, ond ...'

'Dyna fo 'ta. Dwi'n fodlon rŵan.'

'Bet? Mi ydach chi'n iawn, tydach?' Roedd y geiriau wedi'i hansefydlogi'n syth a theimlodd rywbeth trwm ym mhwll ei stumog. 'Mi fasach chi'n dweud wrtha i, basech?'

Trodd Bet wrth droed y grisiau a gwenu'r wên honno. Ond y tro hwn doedd hynny ddim yn ddigon i dawelu meddwl Gwen, hyd yn oed pan ddywedodd hi: 'Dos ditha i wneud dy banad siocled rŵan ac ymlacia o flaen y sothach 'na rwyt ti wrth dy fodd yn ei wylio ar y teledu. Dwi'n gwybod ei fod o wedi dechrau ers pum munud go lew!'

13

Diolchai Gwen yn dawel fod Eifion ar gael i ddiddanu Lois yn ystod salwch Bet. Doedd y diwedd ddim yn sioc pan ddaeth o, ond roedd maint ei cholled yn lapio amdani fel cynfas ac yn dal ar ei hanadl. Chafodd hi ddim cystudd hir. Sylwodd Gwen fod mwy o ddedwyddwch a llai o linellau ar wyneb Bet pan gaeodd ei llygaid am y tro olaf. Er nad oedd gan Harri mo'r gallu yn ei salwch i fod yn unrhyw fath o gefn na chysur iddi, roedd o'n dal yno, yn dal yn rhan o'r byd roedd hi'n byw ynddo, ac roedd ei gynnal o hefyd yn ei chynnal hithau, yn rhoi rhywbeth iddi allu cydio ynddo o hyd er mor boenus o fregus ydoedd.

Gwyddai Gwen fod yn rhaid iddi agor y bocs, y bocs sgidia yng nghwpwrdd y dreser oedd wedi'i glymu hefo rhuban. Roedd hi wedi addo. Efallai y byddai rhyw gyfarwyddyd ynddo ynghylch beth roedd hi i fod i'w wneud ar adeg fel hon. Doedd yna neb arall ond y hi i gysylltu â theulu Bet. Doedd ganddi ddim na rhif na chyfeiriad i Elliw. Roedd yna drefniadau i'w gwneud a chynhebrwng i'w drefnu. Addawodd Eifs y byddai'n helpu ond doedd yr un o'r ddau ohonyn nhw wedi gofalu am rywbeth fel hyn o'r blaen. Ar hyn o bryd doedd Gwen ddim isio meddwl ymhellach na threfnu'r angladd. Gwyddai y byddai'n rhaid iddi symud allan o'r tŷ a chwilio am waith i'w chynnal yn ogystal â rhywle iddi hi a Lois fyw. Ond roedd diwrnod ar ôl heddiw i boeni am hynny.

Eisteddodd wrth fwrdd y gegin a'r bocs o'i blaen. Ar ganol y bwrdd hwnnw roedd y stand cacennau llechen a roddodd Gwen i Bet dro'n ôl wrth iddi gamgymryd y degfed ar hugain fel diwrnod ei phen-blwydd. Gwenodd wrth gofio. Roedd cymaint wedi digwydd oddi ar y diwrnod hwnnw.

Datododd y rhuban yn araf a gofalus fel pe bai hi'n cyflawni rhyw fath o ddefod. Y peth cyntaf a welodd ar ben popeth arall oedd amlen liw hufen. Y math o lythyr y byddai rhywun yn ei adael i'w ddarllen ar ôl ei farwolaeth, tybiodd Gwen. Gohiriodd ei agor am bum munud cyfan. Cofiodd lythyr olaf Harri. Gwyddai y byddai llythyr tebyg gan Bet yn tynnu dagrau. Ond roedd cynnwys yr amlen yn gwbl annisgwyl. Un darn o bapur plaen oedd ynddo ac arno ddwy frawddeg ddi-lol a chyfeiriad: 'Ar achlysur fy marwolaeth cysyllter â Richard Owen, fy nghyfreithiwr, cyn gynted ag y bo modd. Gweler ei gyfeiriad isod.'

Roedd enw a chyfeiriad a rhif ffôn cwmni'r cyfreithwyr yn dilyn ac yna enw Bet yn llawn a'i llofnod. A dyna'r cyfan. Teimlodd Gwen bigiad o siom er ei gwaethaf. Doedd yna ddim byd arall yn llawysgrifen Bet ar wahân i gardiau roedd hi wedi'u hysgrifennu at Harri ac wedi'u cadw'n saff iddo wedyn ar ôl iddo'u darllen am nad oedd wedi gallu mynd â 'run ohonyn nhw adra hefo fo. Er iddi ofni gorfod darllen cynnwys rhyw lythyr ffarwél trist, roedd hi wedi disgwyl mwy na hyn. Mwy o gyfrifoldeb efallai. Doedd yna ddim cyfarwyddyd iddi gysylltu ag Elliw hyd yn oed. Dim. Roedd y cyfan yn nwylo rhyw gyfreithiwr diwyneb. Mewn rhyw ffordd od teimlai ei bod wedi cael ei thwyllo i feddwl bod rhywbeth o fwy o bwys yn y bocs, ac yna oedodd. Onid dyma'r bocs mwyaf cyfrinachol, mwyaf personol a feddai Bet? Yn hwn roedd popeth a dystiai i'w pherthynas gudd gyda Harri: y cardiau, y llythyrau caru. Roedd yna hyd yn oed hen ffôn symudol. Allai Gwen ddim ond dyfalu ei bod hi wedi'i roi yn y bocs am fod arno negeseuon arbennig oddi wrth Harri na fedrai hi ddim meddwl am eu dileu. Roedd Bet wedi'i thrystio hi hefo hyn i gyd. Anwesodd y llythyrau, yr amlenni pinc a glas a gwyn. Roedd yna sbelan ohonyn nhw a doedd hi ddim yn bwriadu darllen yr un ohonyn nhw. Nid rŵan beth bynnag. Rhwng y llythyrau roedd darnau o bapur a phytiau o benillion arnyn nhw. Tybiodd mai llawysgrifen Harri oedd hon. Gwenodd wrthi'i hun wrth feddwl am y cyffro a ddeuai yn sgil y rhain pe gwyddai'r genedl fod yna ddarnau o ryddiaith a barddoniaeth heb eu cyhoeddi yn llawysgrifen Harri Anwyl dan glawr bocs sgidia mewn bwthyn glan môr yn rhywle ar arfordir gogledd Cymru.

Roedd y stori reit ar waelod y bocs. Chwe thudalen o bapur A4 wedi'u plygu yn eu hanner. Tudalennau wedi'u teipio'n ddestlus oedden nhw ac ar dop y dudalen gyntaf, o flaen y teitl, 'Mynd Adra'n Droednoeth', roedd y cyflwyniad: 'I Bet er cof am y machlud'. Llamodd calon Gwen. Doedd hi erioed wedi'i hystyried ei hun yn ddeallus nac yn ddarllengar ond roedd rhywbeth yn dweud wrthi ei bod yn dal trysor yn ei dwylo. Yn ystod y cyfnod byr y buont yn ffrindiau, roedd Gwen wedi dod yn agos iawn at Bet. Roedd Bet hithau wedi rhannu sawl stori gyda hi am hynt a helynt ei charwriaeth gyda Harri Anwyl ac roedd gwrando ar yr hanesion fin nos dros botel o win wedi bod yn ddifyrrach na'r teledu i Gwen. Roedd yn anodd ganddi gredu ar brydiau fod y fath ramant yn bodoli tu allan i'r hen ffilmiau roedd hi mor hoff ohonyn nhw ond doedd hi ddim wedi amau am eiliad nad oedd Bet yn dweud y gwir. Roedd hi wedi cael stori'r machlud ganddi hefyd, pan aethon nhw i weld yr haul yn mynd i lawr dros Ynys Feudwy a hynny'n fuan ar ôl iddyn nhw gyfarfod.

Roedd hi'n amlwg fod y noson honno wedi gadael argraff ddofn ar Harri hefyd. Roedd y llenor ynddo wedi cydio yn rhamant y machlud ac wedi creu rhywbeth cain. Ei gariad dwfn tuag at Bet oedd yr ysbrydoliaeth amlwg i'r cyfan, ond yn hytrach na rhyw sentiment bocs siocled Mills and Boon-aidd roedd yna wewyr oedd bron yn dlws gan mor gynnil a gofalus y dewiswyd pob gair. Nid stori am ddau gariad yn mynd i weld y machlud yn unig oedd hi, ond stori a berthynai i bawb a wyddai nad yw cariad go iawn yn gaeth i reolau. Roedd ei lofnod ar waelod y dudalen olaf. A'u geiriau nhw ill dau. Y geiriau roedden nhw'n eu defnyddio bob amser ar waelod pob llythyr caru: 'Hyd byth. Harri.' Meddyliodd am Bet yn derbyn y stori hon ganddo, yn ei darllen a'i hailddarllen a'i thrysori. Doedd yna neb arall yn y byd wedi gweld hon. Penderfynodd Gwen mai felly y byddai hi o hyd. Ar wahân i'r manylion am y cyfreithiwr byddai hi'n cadw'r bocs yma a'i gynnwys yn gyfrinach tra byddai hithau byw. Er mwyn Bet. Er mwyn carwriaeth fwy sbesial na sgript unrhyw ffilm ddu a gwyn a fu erioed.

14

Cyrhaeddodd llythyr Rhydian yr un diwrnod ag y cyrhaeddodd Elliw o Awstralia. Roedd Rhydian yn mynnu cael gwybod p'run ai fo oedd tad Lois ai peidio, ac Elliw yn mynnu cael gwybod a oedd ei mam wedi gadael ewyllys. Stwffiodd lythyr Rhydian dros dro dan gaead yr iâr ori ar y dreser. Doedd hi ddim mor hawdd stwffio Elliw o'r golwg i nunlle. Roedd ei llais yn rhy galed a'i llygaid yn rhy farcutaidd wrth iddi edrych heibio i Gwen yn hytrach nag arni wrth iddi holi a stilio. Doedd hi ddim hyd yn oed yn trio edrych fel pe bai hi o dan deimlad ar ôl colli'i mam.

'Mae'r cyfan yn nwylo Richard Owen, y cyfreithiwr.' Synnodd Gwen ei hun wrth gadw'i llais mor llyfn. Daeth rhywfaint o'r hen ysbryd amddiffynnol a fu'n gymaint rhan o'i chymeriad yn ei ôl i'r fei. Roedd wedi rhoi ei chas ar hon cyn ei chyfarfod erioed a phenderfynodd ddilyn ei greddf. Roedd angen gwylio symudiadau Elliw a doedd Gwen ddim am ildio 'run fodfedd. Roedd arni hi hynny o leiaf i Bet druan.

Roedd y lliw haul dwfn a'r gwallt melyn potel yn peri i Elliw edrych yn hŷn na'i hoed. Ac roedd twang Awstralaidd anorfod yn bratio'i Chymraeg. Byddai'n gyfuniad doniol, bron, oni bai fod popeth arall ynglŷn ag Elliw'n ymylu ar fod yn fygythiol. Hyd yn oed cyn holi am drefniadau'r cynhebrwng fe ofynnodd i Gwen oedd hi wedi dechrau chwilio am rywle arall i fyw. Trodd ei thrwyn ar yr ystafell wely a baratowyd ar ei chyfer a phenderfynu mynd i aros mewn gwesty yn y dref. Lois oedd y rheswm pennaf dros y penderfyniad hwnnw, tybiodd Gwen. Roedd Elliw wedi edrych ar y fechan fel pe bai hi'n gath a ddylai gael ei rhoi tu allan i'r drws. Yn ddistaw bach roedd Gwen yn hynod falch nad oedd hi ddim yn mynd i orfod dioddef mwy o'i chwmni nag oedd raid yn yr amser oedd ganddi'n weddill yn nhŷ Bet. Edrychodd o'i chwmpas ag ochenaid. Byddai ganddi hiraeth am y cartref hwn. Ond adeilad oedd o wedi'r cyfan. Bet oedd wedi'i wneud o'n gartref, ac eisteddodd Gwen a beichio crio wedi iddi gael cefn Elliw. Roedd ei hiraeth am Bet yn ei llethu. Fedrai hi yn ei byw ddychmygu sut roedd rhywun mor annwyl wedi rhoi genedigaeth i ferch mor annymunol. Roedd meddwl am honno'n chwalu'n sbeitlyd drwy gynnwys y bocs sgidia'n gyrru iasau drwyddi.

Richard Owen oedd yn gyfrifol am drefniadau'r cynhebrwng. Doedd yna ddim oll i Gwen ei wneud. Roedd Bet wedi gofalu am bopeth. Gwasanaeth byr, syml ac urddasol oedd o, ac ni allai Gwen lai na meddwl bod Bet wedi croesawu'i marwolaeth. Dim ond mewn chwedlau a straeon tylwyth teg roedd pobol yn marw o dor calon. Roedd rheswm meddygol dilys ac amlwg pam y bu Bet farw wrth gwrs, ond gwyddai Gwen fod ei chalon yn dipiau mân ers colli Harri. Doedd yna'r un stori dylwyth teg yn unlle i'w chymharu â hon.

Meddyliodd Gwen mai am Elliw roedd Richard Owen, y cyfreithiwr, yn disgwyl wrth iddyn nhw adael y fynwent. Er syndod iddi, gofynnodd iddi hithau aros hefyd. Trodd y dyn bach sgleiniog, twt at Elliw:

'Dymuniad eich mam oedd aros tan y diwrnod ar ôl y cynhebrwng cyn darllen yr ewyllys, Mrs McGuire, hynny yw, os ydi hynny'n siwtio'ch trefniadau chi.'

Er gwaethaf troad ei ymadrodd roedd tôn ei lais yn dweud mai felly roedd hi i fod, beth bynnag oedd trefniadau neb.

'Dydi hi ddim yn edrych yn debyg y bydd gen i lawer iawn o ddewis, nac ydi?' Ond er bod Elliw'n dalach ac yn edrych ac yn swnio'n anhyblyg ac yn ddigyfaddawd, gan y twrnai bach yr oedd y llaw uchaf ac roedd hi'n amlwg ei fod yn gwbl ymwybodol o hynny.

'Yn y tŷ fyddan ni, o amgylch bwrdd y gegin am dri o'r gloch brynhawn fory. Dyna'r cyfarwyddiadau ac maen nhw'n fanwl ac yn gwbl eglur. A Miss Morris,' gan droi at Gwen, 'bydd disgwyl i chithau fod yn bresennol hefyd.'

Tynnodd hyn rywfaint o'r gwynt o hwyliau Elliw a gofynnodd yn swta:

'Beth oedd yn bod ar heddiw ar gyfer darllen yr ewyllys, yn syth ar ôl y gwasanaeth? Onid felly mae pobol yn arfer ei wneud?'

'Nid o angenrheidrwydd, Mrs McGuire. Dymuniad eich mam oedd i'r ewyllys gael ei darllen ar y degfed ar hugain o'r mis y byddai hi farw. Yn ffodus i chi, dyna yw'r dyddiad yfory. Gallech fod wedi gorfod aros rai dyddiau fel arall.'

Teimlodd Gwen wên fach gynnes yn cyrlio tu mewn iddi. Dim ond y hi a wyddai gyfrinach y degfed ar hugain ac roedd derbyn yr wybodaeth fach annwyl honno'n golygu mwy nag unrhyw rodd a adawyd iddi yn yr ewyllys. Roedd hi'n amlwg oddi ar yr olwg ar wyneb Elliw fod honno'n gwarafun iddi gael yr un geiniog. Doedd hynny'n poeni dim ar Gwen fodd bynnag. Doedd arni hi ddim angen dim byd i gofio Bet ac fe wyddai fod ganddi rywbeth yn ei meddiant oedd yn werth mwy nag arian, sef y bocs sgidia a'i gynnwys tyner.

Cyrhaeddodd drannoeth yn rhy gyflym. Doedd Gwen ddim wedi cysgu ryw lawer. Byddai'n rhaid iddi chwilio am rywle i fyw cyn gynted ag y bo modd. Gobeithiai y byddai rhywbeth yn yr ewyllys yn caniatáu iddi aros yn y tŷ hyd nes ei bod wedi cael to arall uwch ei phen hi a Lois, hyd yn oed pe bai'n rhaid iddi dalu rhent i Elliw. Roedd meddwl am hynny'n ei chnoi ond fyddai ganddi ddim dewis ar ôl heddiw. Efallai y câi'r ddwy ohonyn nhw aros hefo Eifion a'i fam am ddiwrnod neu ddau pe bai raid. Roedd ei fam braidd yn hen ffasiwn a rhyw fymryn yn gul ond roedd ei chalon yn y lle iawn. Roedd Lois wedi mynd yno heddiw hefo Eifion er mwyn i Gwen gael mynychu'r cyfarfod hefo Richard Owen. Gweddïodd na fyddai'n cael ei chadw yno'n hir yng nghwmni'r Elliw ofnadwy 'na.

Yn anffodus cyrhaeddodd Elliw'n gynnar. Suddodd calon Gwen wrth feddwl gorfod dal pen rheswm â hi ar ei phen ei hun. O leiaf pan fyddai Richard Owen yno hefyd mi fyddai yna un person arall i'w gwneud hi'n haws cynnal sgwrs. Doedd dim raid iddi boeni. Cwestiwn cyntaf Elliw, heb ofyn iddi sut roedd hi oedd:

'Oes gynnoch chi *wi-fi* yn y lle 'ma?'

Temtiwyd Gwen i ymateb hefo: 'Lle rwyt ti'n ei feddwl wyt ti? Mewn ogof?' ond bodlonodd drwy ddweud: 'Wrth gwrs. Roedd eich mam angen cyswllt â'r we hefo'i gwaith ysgrifennu. Isio defnyddio'r cyfrifiadur ydach chi?'

'Argian, naci!' Chwifiodd Elliw iPhone mewn cas lliw banana dan drwyn Gwen. 'Siarad hefo Awstralia. Skype.'

Swniai fel pe bai hi'n brif weinidog oedd yn barod i gyfarch y wlad gyfan. Diflannodd i'r ystafell fyw a chau'r drws ar ei hôl heb ei hesgusodi'i hun na gofyn caniatâd. Ond doedd dim raid iddi ofyn caniatâd, nag oedd? Ei thŷ hi oedd hwn bellach. Neu mi fyddai'n berchen arno ar ôl tri o'r gloch. Pa wahaniaeth oedd hanner awr yn mynd i'w wneud?

Doedd cau'r drws ar ei hôl ddim wedi gwneud fawr o wahaniaeth chwaith. Roedd ganddi lais uchel, cras ac roedd y wal rhwng yr ystafell fyw a'r gegin yn anghyffredin o denau gan mai un ystafell wedi'i rhannu'n ddwy yn ddiweddarach ydoedd. Doedd y rhaniad yn fawr fwy na phartisiwn.

'Yeah,' meddai ymhen tipyn, 'looks like there might be a fair bit. The house will fetch a tidy sum.'

'Let's cross our fingers then, babe,' meddai llais dyn. 'The sooner you get the dosh, the sooner you can leave Frank and we can be together.'

Frank oedd enw gŵr Elliw. Gwyddai Gwen hynny. Ond nid hefo Frank roedd Elliw'n siarad ac nid Frank felly oedd wedi'i galw'n 'babe'. Fedrai Gwen ddim dychmygu unrhyw ddyn yn ei iawn bwyll yn dymuno galw hon yn 'babe'. Ond roedd y sgwrs yma'n llawer rhy ddifyr i'w hanwybyddu a dechreuodd Gwen glustfeinio, a hynny'n gwbl ddigywilydd. Doedd y jadan yma ddim yn haeddu cael parchu'i phreifatrwydd.

'I miss you, sweetheart.' Roedd hyd yn oed llais Elliw wedi meddalu ryw gymaint wrth iddi siarad hefo hwn. Peth rhyfeddol oedd cariad. Doedd dim dwywaith am hynny. Roedd o'n fistar ar bawb yn y diwedd.

'Miss you too, Lou.'

Lou? Bu bron i Gwen chwerthin yn uchel wrth glywed enw Elliw'n cael ei dalfyrru i 'Lou' mewn acen Awstralaidd gras.

Y gnawes ragrithiol. Roedd hi wedi beirniadu'i mam yn hallt ar hyd y blynyddoedd am syrthio mewn cariad hefo dyn priod. Ond erbyn hyn roedd hi'n twyllo'i gŵr ei hun hefo dyn arall. Allai Gwen ddim credu'i chlustiau a diolchodd i'r drefn fod Richard Owen yno'n canu cloch drws y ffrynt fel y daeth Elliw â'i Skype swnllyd i ben.

Roedd hi'n amlwg fod Elliw'n orawyddus i glywed faint o arian ac eiddo roedd Bet wedi'i adael iddi gan mai hi oedd y gyntaf i'w sodro'i hun wrth y bwrdd.

'Hoffech chi banad o de neu goffi cyn dechrau, Mr Owen?' Gwyddai Gwen yn union beth roedd hi'n ei wneud a mygodd wên wrth i Elliw daflu cipolwg digon dieflig i'w chyfeiriad am geisio gohirio pethau. Wedi'r cyfan, doedd gan Gwen ddim byd i'w golli a gwyddai'r ddwy ohonyn nhw hynny'n burion.

Edrychodd Richard Owen dros ei sbectol, ei broffesiynoldeb, chwarae teg iddo, yn rheoli'r cyfan.

'Symud ymlaen fyddai orau, dwi'n credu, Miss Morris,' meddai.

Roedd ar Gwen isio gweiddi arno, ar y ddau ohonyn nhw: gwrandwch, dwi'm isio dim byd, dwi'm yn disgwyl dim byd a'r unig beth fyddai'n fy ngwneud i'n hapus ar hyn o bryd fyddai cael Bet yn ei hôl yn fyw ac yn iach ond fedrwch chi ddim rhoi hynny i mi felly gadewch i mi fynd o'ma. Ond yn lle hynny eisteddodd yno'n dawel a'i llygaid yn dilyn y ceinciau tywyll yn y bwrdd pîn a dechrau cyfri'r munudau fesul un. Dechreuodd Richard Owen ar ei lith swyddogol ac enwi Elliw yn gyntaf. Dyfynnodd o'r ewyllys:

'I fy unig ferch, Elliw Mair McGuire, gadawaf rodd o ddeng mil o bunnoedd.'

Bu distawrwydd. Edrychodd Elliw arno'n ddisgwylgar, yn aros i glywed beth oedd yn dod nesaf.

'I fy wyrion, Michael Gwyn McGuire a Kieran Frank McGuire, gadawaf ddwy fil o bunnoedd yr un.'

Mwy o ddistawrwydd. Ac meddai Elliw'n siomedig mewn llais a wnâi i Gwen fod isio codi o'i chadair a'i tharo:

'Wel, wel. A finna'n meddwl bod gan yr hen ledi dipyn mwy o gelc na hynna. Faint ydi gwerth y tŷ 'ma, 'ta, dach chi'n meddwl, Mr Owen? Yn hwnnw mae'r gwerth mwya mae'n debyg.'

Anwybyddodd Richard Owen y cwestiwn yn gyfan gwbl. Clywodd Gwen ei henw ac aeth yn chwys domen.

'I fy ffrind Gwenllian Morris, gadawaf yr hyn sydd yn weddill o'm hystad, sef pum mil ar hugain o bunnoedd, ynghyd â fy nghartref, Morawelon, a'i holl gynnwys, fy nghar, a'r arian sydd wedi cronni yn fy nghyfrif yswiriant bywyd hyd yn hyn, sef naw mil pum cant a phedwar deg saith o bunnoedd a dau ddeg saith ceiniog.'

Y saith geiniog ar hugain yrrodd Elliw at ymyl y dibyn. Cododd a tharo'i dwrn ar y bwrdd.

'Mae hyn yn warthus, Mr Owen. Yn gwbl annerbyniol. Mi fydda i'n cwffio hyn. Dydi o'n gwneud dim synnwyr.'

'I'r gwrthwyneb, Mrs McGuire, mae o'n gwneud synnwyr perffaith. Bu eich mam yn y swyddfa'n newid ei hewyllys flwyddyn yn ôl yng ngŵydd dau dyst dibynadwy a hithau yn ei hiawn bwyll. Mae pob croeso i chi herio'r ewyllys ond mi alla i eich sicrhau chi rŵan hyn mai gwastraff amser ac arian fyddai hynny. Gallech wario'ch etifeddiaeth i gyd ar gostau cyfreithiwr, Mrs McGuire, a heb fod ddim mymryn nes i'r lan.'

Yn ddistaw bach roedd Gwen yn amau bod Richard Owen yn ei fwynhau'i hun. Ond roedd ei phen yn troi gormod i allu gwneud synnwyr o bethau. Hi oedd piau'r tŷ. Hi gafodd bopeth bron ar ôl Bet. Roedd o'n ormod o sioc ac fe'i gadawyd yn fud am ennyd. Trodd Richard Owen ati a chyffwrdd ei braich yn ysgafn.

'Mae'r ewyllys wedi cael ei gweithredu yn unol â dymuniadau eich ffrind, Miss Morris. Dwi'n deall bod hwn yn newydd annisgwyl ond mae'r cyfan yn gywir ac yn gyfreithlon.' Cododd ar ei draed ac estyn ei law iddi. 'Mi fydda i mewn cysylltiad yn ystod y dyddiau nesaf, Miss Morris, er mwyn rhoi trefn ar bopeth. Da bo'ch chi am rŵan. Mi alla i ffeindio fy ffordd fy hun allan o'r tŷ.'

Roedd Elliw'n edrych fel taran. Cododd Gwen hithau ar ei thraed. Roedd ei choesau'n gwegian ond doedd hi ddim am i Elliw wybod hynny. Cafodd hyd i'w llais, a oedd yn od o wastad hefyd. Meddyliodd am Bet. Am Harri. Am

Elliw'n cael perthynas hefo dyn arall ar ôl bod mor feirniadol o'i mam ei hun ar hyd y blynyddoedd. Gwelodd yn sydyn mai cenfigen a fu wrth wraidd y cyfan o'r dechrau.

'Mi gei dithau fynd rŵan hefyd,' meddai. Gollyngodd y 'chi' bron heb iddi sylweddoli. 'Yr ast ragrithiol,' ychwanegodd. Roedd cael dweud hynny'n ddigon. Cyfrodd i ddeg, llacio'i dyrnau wrth ei hochr, gostwng ei llais. Doedd hi ddim angen bod yn ymosodol. Ymbwyllodd. Nid ei mam oedd hi. Meddyliodd sut byddai Bet wedi ymateb. Ac meddai hi eto:

'Wnei di adael y tŷ 'ma, os gweli di'n dda? Dwi'n gobeithio na chroesith ein llwybrau ni byth eto.'

Wnaeth Gwen ddim anadlu'n rhydd nes clywodd hi deiars y car benthyg yn sgrialu oddi wrth y tŷ. Damia. Roedd hi wedi bwriadu rhoi'r llun oddi ar y dreser iddi hefyd. Y llun ohoni hi a'i phlant a'u gwenau llonydd. Rhy hwyr rŵan. Cododd gaead yr iâr ac ailddarllen llythyr Rhydian. Yn ôl Eifs roedd o wedi gadael Bethan, neu'n hytrach roedd hi wedi'i daflu allan ar ôl clywed ei fod o'n mela gyda gwraig un o'i bartneriaid yn y gwaith. Dyna pam roedd o'n dod yn ei ôl i holi am Lois, meddyliodd. Câi fynd i ganu. Roedd y bennod honno yn ei bywyd wedi cau am byth. Edrychodd ar watsh. Fyddai Eifion ddim yn dod â'r fechan yn ei hôl am awr arall. Cipiodd ei chôt oddi ar ei fachyn. Roedd y gwynt o'r môr yn gafael heddiw.

Roedd y deryn ar y graig. 'Y garan ar y goror'. Gwenodd wrthi'i hun. T. Gwynn Jones. Roedd hi wedi cael hyd i enw'r bardd yn y diwedd. Safodd reit wrth ymyl y dŵr nes bod y gwlybaniaeth yn bedyddio blaenau'i welingtons. Roedd hi'n rhy oer i fod yn droednoeth heddiw. Estynnodd i'w phoced am y llythyr a rhwygo cwestiwn Rhydian yn bedwar darn. Pwy oedd tad ei phlentyn? Dim ond un person oedd â'r hawl i holi ynglŷn â hynny a Lois oedd honno.

Plygodd i roi'r darnau papur i feddalu yn y môr ac aros iddyn nhw gael eu dal yn y lli. Safodd a gwylio'r tonnau'n eu cario'n bellach oddi wrthi fel y gwnaeth Bet hefo'i sgidia flynyddoedd maith yn ôl.